Artiste : Chuck Noir

Existe aussi en format ebook.

Remerciements

Je remercie l'influence cinématographique américaine qui m'a permis de plonger dans un univers que je n'ai jamais eu la chance de voir de mes yeux. Pourtant c'est grâce à ce medium que ce livre a émergé.

Je remercie également mon entourage. Mes amis qui ont lu, relu et rerelu ce livre et qui lui ont permis de voir le jour.

Tatiana pour son enthousiasme et sa foi inébranlable à l'égard de mes histoires.

Charlotte pour sa participation artistique et nos longues discussions.

Michaël pour son recul et son pragmatisme.

Et rien ne serait sans la volonté de ma femme. À me relire, à m'encourager, à croire en moi à chacun de mes doutes. Je lui dois tout.

1

« Bienvenue en Louisiane »

C'est la première image qui nous apparaît, écrite en français. Autour, ce n'est que boues, marécages, chaleur, humidité, alligators et un cadavre. On aurait pu penser à une drôle de souche d'arbre légèrement recouverte de mousse espagnole. Mais non, il s'agissait bien de cheveux.

Le second indice c'est que même l'odeur de soufre du marais ne réussissait pas à masquer l'odeur. Une odeur de mort.

Marie sortit un mouchoir en tissu de sa poche et couvrit son nez et sa bouche. Elle ne paniqua pas. Au contraire, elle ne réagit quasiment pas. Elle observa un moment le cadavre devant elle et vit que le corps, en plus d'être méconnaissable, était recouvert de marques de dents. Sa main s'approcha du bras du cadavre et arracha un objet. Une demi-heure plus tard, ce fut un cortège d'uniformes et de sirènes. Marie ne s'éternisa pas, elle affirma ne pas connaître la victime ; on finit par la laisser partir.

Elle rentra chez elle, son père regardait un match de football, la télécommande dans une main, une bière dans l'autre. Pouvait-on faire plus cliché comme image ? Sa peau tannée par le soleil n'atteignait toujours pas la peau mate de Marie malgré le fait qu'elle évitait de bronzer à tout prix.

Elle lui déposa un baiser sur sa casquette et alla voir sa mère à la cuisine. Elle préparait un repas d'où émanaient de délicieuses odeurs ; son ventre s'empressa de répondre par des gargouillements.

Sa mère se retourna et la prit dans les bras mais se retira rapidement.

« You smell », dit-elle.

En effet elle puait, les marécages ou la transpiration. Peut-être la mort.

Pas le temps pour une douche, elle devait voir Basile. Il préparait sûrement quelque chose de délicieux lui aussi. Elle s'imaginait déjà goûter à du poisson cuit à la braise accompagné d'une sauce européenne qu'il aurait dénichée dans l'un de ses livres de cuisine.

Il n'était pas loin de 15 heures, Basile devait bientôt avoir fini. Elle prit le pick-up, leur « outil de travail », une 1946 Chevrolet ½ ton que Basile avait entièrement retapée. La seule chose d'américain que Basile possède. Marie y avait laissé sa touche en peignant le symbole d'Erzulie sur le capot, lwa ou esprit vaudou, indispensable pour son image de marque et son gagne-pain.

Elle arriva près du food truck du patron de Basile. Étant le seul gérant ayant accepté le « défaut » de son ami. En effet, Basile avait la fâcheuse tendance à ne vouloir parler que français.

On pouvait le voir en train de récurer les plaques de cuisson. Il entendit le bruit particulier de son moteur et lança un regard en direction de Marie.

« Bientôt prêt. »

Il sortit 5 minutes plus tard avec une table de jardin et deux chaises pliantes qu'il déposa à l'ombre du camion. Sa tenue de travail était sublime. Le food truck étant jaune, le gérant avait eu la bonne idée d'habiller ses employés d'un magnifique jaune canari. Et qucl jaunc ! Il portait aussi un filet à cheveux qu'il retira à son deuxième passage. Cette fois-ci, il déposa deux assiettes très bien présentées.

« Le jaune te va vraiment bien. », dit-elle, tout sourire.

L'odeur de poisson braisé monta à ses narines.

« Sole meunière revisitée ! », s'exclama Basile dans sa fière langue française.

« Rappelle-moi, combien de fois tu es allé en France ? »

S'il y avait bien une chose qui dérangeait Basile, c'était bien ce sujet, mais Marie ne pouvait résister.

Personne ne parla durant la dégustation, presque par rituel, mais surtout par respect pour la cuisine et leur palais.

Basile s'occupa de débarrasser la table. « Qu'il est bon de se faire servir ! », pensa Marie. Mais ils n'avaient pas le temps aujourd'hui.

« Laisse-moi t'aider, nous avons à faire aujourd'hui. Pour une fois, c'est sérieux. »

Peu de choses étaient sérieuses avec Marie, si elle l'affirmait c'est qu'il y avait un mort, pensa Basile, ou pire.

« Client mécontent ?

– On peut dire ça, le décès ne faisait pas partie du marché. C'était violent, extrêmement violent. On aurait dit un animal.

– Un taré ?

– Aucune idée. Sûrement, faut pas être entièrement net pour faire ça.»

Basile retourna dans le camion et ferma la devanture. Quelques minutes plus tard, il ressortit habillé et c'était un doux euphémisme.

Sa tenue de guerre, comme elle aimait à l'appeler : il s'agissait aujourd'hui d'un complet-veston, pantalon et veste noirs, gilet de même couleur. Sa cravate restait dans le ton et sa chemise était blanche.

Qu'est-ce qu'il est beau, pensa-t-elle, certes ridicule, car qui penserait à s'habiller de la sorte avec cette chaleur, mais tout de même beau.

Il était presque 16 heures et la température ne descendait toujours pas, normal pour une mi-mai.

Le camion était resté à l'ombre mais l'absence de climatisation sur ce vieux pick-up faisait que la chaleur restait étouffante. Elle n'enviait pas l'orgueil de Basile et son costume. Son débardeur et son short lui suffisaient amplement pour le moment. Cependant, elle n'avait pas le choix, elle devait elle aussi porter son uniforme, ou son costume. Une robe bien trop lourde et chaude pour ce temps, mais cela pourrait encore attendre un peu.

Ils avaient plus d'une demi-heure de route. Les champs de canne à sucre s'enchaînaient le long de la route. On pouvait apercevoir encore quelques feux sur certains d'entre eux. De grandes flammes s'envolaient et venaient lécher le ciel dégagé, créant d'énormes nuages de fumée noire. Avant que Marie ne se perde dans ce paysage qu'elle aimait tant, Basile la sortit de sa torpeur.

« Donc, on parle de quoi ici ?

– Can we at least speak English?

– Quoi ?

– Ok j'abandonne... J'ai retrouvé une cliente dans le marais.

– Et ?

– Et vis-à-vis des problèmes qu'elle m'a demandé de régler ainsi que la façon dont je l'ai retrouvée... Bref, je veux en savoir plus.

– Encore une fois en quoi ça nous concerne ? Je veux pas faire l'insensible mais à moins qu'elle ne nous ait pas payés, ce qui n'arrive jamais, pourquoi on va voir sa famille ? C'est bien ce qu'on est en train de faire ?

– On enquête Sherlock.

– Donc je suis Sherlock ?

– Vu la tenue... »

Basile ne daigna même pas répondre et continua de regarder devant lui. Pendant ce temps, Marie enleva sa ceinture de sécurité et passa à l'arrière pour chercher sa robe. Elle se changea tant bien que mal, se maquilla légèrement, se recoiffa et s'aspergea d'une dose de parfum assez importante pour faire tousser Basile.

Ils quittèrent la nationale et se retrouvèrent au bout de quelques minutes dans un village. Une demi-douzaine de gamins de moins de 10 ans se partageaient une bière qu'ils avaient dû faucher à l'un de leurs parents.

Ils arrivèrent devant une série de maisons clones, du moins c'est comme ça que Marie les appelait. Des blocs de plastique, tous identiques et plantés au milieu d'un carré de gazon. Non, il n'y avait pas de bidonville dans les pays du nord, juste des mobil-homes.

Marie sortit son calepin et, après vérification, pointa du doigt l'une des maisons bleu-gris.

« C'est là. »

Basile acquiesça et tourna le volant, s'arrêta quelques dizaines de mètres avant la maison et sortit.

Il ajusta son costume et ouvrit à Marie.

Ce n'était plus Marie, c'était la guérisseuse, la vendeuse de charmes, la sorcière vaudou. Elle vérifia sa tenue une dernière fois, tenta de lisser les parties les plus froissées. Elle se tenait droite.

Elle frappa à la porte et attendit. Frappa une deuxième fois quand enfin, la porte s'ouvrit. Une femme toute menue, blanche, qui devait avoir la quarantaine, mais dont la vie lui en avait ajouté une dizaine de plus sur le visage, lui ouvrit. Ses cheveux étaient en pagaille, son T-shirt était taché au niveau de la poitrine. Un enfant ? Marie vérifierait plus tard. La tenue de Marie étonna, comme à son habitude.

« Yeah ?

– Hi, my name is Auntie Poulet, I have something to discuss about your daughter ?

– What is this about ?

– Can I come in ? »

Après un regard suspect qui se transforma lentement en inquiétude, elle demanda :

« Is she alright ?

– Yeah don't worry. Can I? »

Marie avança d'un pas, la mère s'écarta, la porte claqua, Basile resta dehors. Il sortit une pochette à tabac tout en cuir, et commença à se rouler une cigarette, même une deuxième tiens. Il se déplaça pour trouver un peu d'ombre près des voitures et observa la rue sans bouger.

Au bout d'une bonne heure, Marie sortit sous un déluge de remerciements et se dirigea vers Basile en gardant son air sérieux.

« Alors ?

– Alors c'est la merde. Mais je t'explique d'abord ce que je savais, et ensuite ce que j'ai appris. Il y a une semaine, j'ai fait la rencontre de Lynne Lowery. Une blanche paumée qui a perdu son gosse. La dernière fois qu'elle l'a vue, c'était il y a 10 jours. Elle s'est fait envoyer bouler par les flics.

– Comment ça ? On peut ignorer une disparition ?

– Encore faut-il prouver que la personne disparue existe. Rien ne prouve que cet enfant soit bien réel. Et confirmation des parents, pour eux, elle est vierge.

– On dit « était »... Tu ne leur as pas dit, c'est ça ?

– Arrête de corriger mon français ! C'est déjà assez chiant comme ça. Non je n'ai rien dit. Ils l'apprendront bientôt, c'est pas mon rôle. Sa mère et ses deux frères n'ont donc aucune idée de ce que Lynne faisait. Elle a un « fiancé » mais c'est tout.

Elle vit chez les parents du type, et la famille est très catho et très à cheval sur la virginité. Donc on a deux possibilités, soit son mec est un taré, car vu le cadavre, ce n'est pas simplement une dispute de couple. Soit ça n'a rien à voir et c'est juste un taré, une personne extérieure à tout ça.

– Impressionnant comme raisonnement, se moqua Basile. » Juste devant la porte de la voiture, après avoir fait monter Marie, il montra trois doigts et dit : « Il y a toujours une troisième possibilité... Elle ment »

Marie ne répondit pas, elle avait déjà envisagé cette possibilité mais ne préférait pas y penser. Ça n'avait aucun sens de mentir à un charlatan comme elle aimait s'appeler. Aller voir les flics ok, mais pourquoi moi ?

« Petite visite chez le fiancé, mais avant : ice cream ! » déclara Basile.

*

Une glace se prêtait bien à la chaleur. Ce n'était peut-être que le temps, ou le fait que ça n'avait pas soufflé ces derniers jours, ou encore le fait qu'un orage approchait, mais il n'avait jamais fait aussi chaud depuis plusieurs années. C'était soit ça, soit Marie devenait une vieille précoce.

Encore un rituel : une fois le vendeur de glace payé, Marie et Basile se retrouvèrent à l'arrière du vieux pick-up. Un grand plaid recouvrait des cassettes en bois contenant les affaires de Marie pour ses « rituels ». Une fois bien installée, Marie commença à rouler un joint, quant à Basile, il avait déjà attaqué sa glace. Une fois le travail de Marie terminé, elle tendit le joint à Basile qui sortit un Zippo de l'intérieur de sa veste qu'il venait de plier sur ses genoux.

« La seule chose que je comprends pas c'est ce qu'on fait là. Je veux dire ok, je vois le topo. On est venu te voir pour un service, que tu as rendu, mais pourquoi tout ça ? On devient détectives maintenant ? On fait dans l'humanitaire ? Depuis quand tu aides ton prochain ? Hey, le prends pas mal. Tu sais ce que je veux dire. Mais c'est toi qui m'expliques tout le temps que la moitié de la population est bourrée d'abrutis et l'autre moitié de connards. »

Marie ferma les yeux et sourit légèrement. Ce discours risquait de durer un moment.

Et ça lui revint.

Basile a alors 12 ans. Ils sont sur le même pick-up, toujours à l'arrière. Il n'a plus la même couleur. Le pick-up paraît plus vieux, plein de bosses et tout rouillé. Marie quant à elle, n'a que 10 ans, mais est plus grande que Basile. Elle est exactement dans la même position, les jambes étendues et le dos bien calé à l'arrière. Basile est debout cette fois-ci, il a pris sa décision. Alors qu'il venait de parler de sa mère, il souriait à l'époque.

« Je parle toujours français maintenant. Je fais le serment de parler français jusqu'à ce que j'y aller en France. »

Étant fauché et têtu, il n'avait jamais cessé de parler français. Marie, plutôt que de le raisonner, avait décidé de le suivre sur cette voie. Du moins avec lui.

« It's 'cause of mum ? »

Quelle question stupide, non c'est une décision rationnelle et longuement réfléchie. Pourquoi la mort de sa mère aurait quelque chose à voir avec ça ? Parfois Marie se mordait les lèvres après avoir parlé trop vite. Peut-être qu'un jour la mémoire de la douleur l'empêchera de sortir une énième ânerie.

Sa mère était morte d'une hémorragie interne, sans aucune explication. Elle était certes en surpoids, mais rien d'extraordinaire. Elle avait eu des douleurs au ventre, ne s'était pas alarmée plus que ça. Puis, elle s'était allongée pour se reposer un moment. C'est Basile qui l'avait retrouvée dans le lit, elle était morte avant même que les ambulanciers n'aient pu venir.

*

Basile tira une latte, mordit dans sa glace et recracha la fumée. La vie n'était pas si mal. Marie se dit qu'ils s'éloignaient de leur projet avec cette « mission » qu'elle s'était soudainement donnée.

Pourquoi faisait-elle ça ? Basile l'avait souligné, ce n'est pas son genre. Mais quelque chose la poussait à savoir. De la curiosité mal placée ? Il ne valait mieux pas se poser trop de questions dans ces cas là. Et même si Basile râlait, elle savait que ce genre d'histoire l'intéressait.

« Le truc qui me dérange dans cette histoire, c'est que, si on assume qu'enfant il y a, pourquoi le cacher à tout le monde ? C'est pas contre-nature ce qu'ils font. Ils sont pas cousins ou autre, si ? s'interrogea Basile.

– Non, mais je te l'ai dit, pression religieuse. La belle-famille serait hyper catho. Et l'idée que leur fils ait consommé avant le mariage est hors de question. Enfin, on va confirmer ça. Le mec vit toujours chez ses parents.

– Donc il y a une autre maison. Ou alors, l'enfant était chez des amis. Enfin bref, il y a forcément une aide extérieure. Il fait quoi l'enfant de chœur ?

– Il a lancé sa boite. Une mini agence de visite des bayous avec toutes les conneries qui les accompagnent. Cours de pêche, taquinage d'alligators. Le rêve de tout touriste.

– Et ça marche ça ? En c'moment ?

– Faut croire, paraît qu'il fait de beaux cadeaux. »

Marie descendit du pick-up et alla chercher une bouteille d'eau fraîche. Basile avait déjà mis le contact. Marie sortit son calepin, tira sur son marque-page en tissu et repéra une adresse.

« Direction pays du cajun, tu vas te sentir bien là-bas. »

*

On se sentait bien ici. Enfin une température raisonnable, un peu fraîche cela dit. Cela faisait une bonne décennie qu'il s'était installé en Louisiane, et la chaleur lui faisait toujours défaut. Il avait pourtant connu des chaleurs : le sud de la France, les déserts africains, les forêts tropicales. Mais ça, les « bayous », une sorte de ghetto humide et marécageux, c'était autre chose.

Il posa sa canne sur la table de travail. C'est étrange, se dit-il, on pourrait prendre ça pour un dessert. Il se tourna vers le « coroner », un type jeune, pas plus de 25 années, les cheveux légèrement gras, coiffés à l'oreiller, la peau tannée par ce fichu soleil, les yeux clairs, quelques poils mal rasés se rebellant sur l'épiderme de sa mâchoire. C'est bizarre ce pays, pas besoin de réelle formation pour devenir l'équivalent d'un médecin légiste. Le Baron se pencha légèrement sur le jeune homme, puis le regarda de haut en bas.

« Vous parlez français ?

– Euh. Oui, un peu. »

Le Baron hésita. Comment la jouer ici ? On aurait dit qu'il allait se faire dessus. Le Baron sourit et écarta les bras.

« On vous a dit qui j'étais ?

– Oui, Baron.

– Baron Pierre Montmorency, finit-il en tendant sa grande main. Enchanté. Qu'avez-vous entendu sur moi ?

– Rien, juste qu'il fallait tout vous dire et répondre à toutes vos questions.

– Bien... Et bien, commençons ? »

Son sourire était chaleureux et presque sincère. Il aimait bien la politesse. Pas que ce soit indispensable, mais il trouvait que la vraie politesse, marque de respect, était une bonne chose, surtout chez les jeunes. Ça ne prouvait en rien une marque d'intelligence, mais c'était agréable.

« Nous avons ici une femme de 17 ou 18, portant de nombreuses marques d'objets tranchants... »

Le regard du coroner croisa celui du Baron et corrigea :

« d'objets tranchants... oui, de coups de couteaux, ainsi que des dizaines de morsures humaines et autres marques de dents un peu partout sur le corps. Le... euh *medical examiner* a repris l'affaire et me tient au courant des avancées. Ils ont fait des analyses génétiques et ont retrouvé deux profils génétiques différents en éliminant la victime. Ces deux empreintes n'ont pas été retrouvées dans nos *data*. Ils ont toutes les caractéristiques de vrais jumeaux. Ils sont tous deux dotés de deux chromosomes X et de cellules mâles avec un X et un Y. Une étude parle de jumeaux semi-identiques, avec ce même cas. C'est extrêmement rare, un pour cent de toutcs lcs conceptions humaines.

– Vous avez un français exemplaire.

– Merci, ma mère me l'a appris étant petit, c'est bizarre, car on vient du Texas et...»

Le Baron claqua doucement la langue, ce qui stoppa net l'élan de conversation que le jeune homme avait. Le Baron sourit, c'est bien ce qu'on lui avait annoncé. Il l'aimait bien ce gamin. De bonnes informations, un français presque parfait, malgré ses propres dires. Une dernière question à présent :

« Pourriez-vous me mettre tout ça par écrit ? J'aurai une autre question à vous poser prochainement. Une comparaison ADN.

– Mais ce n'est pas moi qui m'occupe de...

– Et je suis sûr que vous avez les connaissances nécessaires pour aboutir à cette tâche. »

La porte claqua. Le Baron n'eut pas le temps de réagir que deux grosses mains l'agrippèrent par le col de sa veste et si l'agresseur avait été plus grand, il l'aurait probablement soulevé.

« Who's that dickhead ?![1]

– S'il vous plaît, commença le Baron.

– French guy ? »

La tête du Baron commençait à tourner. Il voulait parler, expliquer qui il était et que personne ne devait le toucher, mais aucun son ne voulait sortir de sa bouche. Son corps commença à trembler. Impossible de contrôler ses jambes, son dos chauffait au point qu'il sentait déjà des gouttes couler. Des vibrations le lançaient dans tout le corps. Il ferma les yeux et se laissa tomber.

---

1 C'est qui ce connard ?!

*

Quelque chose clochait.

« C'est lui ? » pensa tout haut Basile.

Un gamin, pas plus de 20 ans, menu, cheveux coupés courts, deux billes bleues qui regardaient autour de lui. Il portait un costume bas de gamme bleu ciel, qui rappelait certes le bleu de ses yeux, mais aussi celle de ses baskets brillantes. Marie eut une drôle d'impression en le voyant.

« Pas une tête de tueur, remarque ça veut rien dire, t'en as une et pourtant. »

Basile esquiva joyeusement le coup porté à sa nuque et sortit de la voiture pour siffler en direction du fiancé.

« Thomas ? »

Le jeune entrepreneur se retourna. Il regarda en direction de Basile, puis du pick-up, et enfin Marie. Il ne bougea pas, mais Marie ne lui laissa pas le temps de réfléchir, elle était déjà dans sa direction. Basile ne s'inquiétait pas trop de ce type. Marie savait se défendre, et malgré les histoires qu'il avait entendu de la bouche de celle-ci, impossible que Thomas en soit l'auteur. Sale habitude, mais il sortit une autre clope.

*

À peine eut-il lc tcmps de s'adosser pour se reposer que deux gamins s'approchèrent en tournant autour du pick-up à vélo. L'un d'eux jeta son vélo à terre pour se précipiter à la portière en mettant les mains au-dessus de son front. Basile sourit.

« To pale kreyol ?

– Wi, mo pale kreyol.

– Sa-ki to non ?

– Mo pele Basile. And to ?

– Mo çé Peter and lui çé Jean. [1]»

Basile montra du doigt la maison de Thomas. Mais avant de simplement poser sa question, les deux gamins firent une drôle de tête.

---

1 Tu parles créole ?
Oui, je parle créole.
C'est quoi ton nom ?
Je m'appelle Basile, et toi ?
Moi c'est Peter et lui c'est Jean.

« Comme maman dîe di moin qui vous laimein, ma di vous qui yé. [1]

– Quoi ? »

Mais les deux petits créoles avaient déjà enfourché leur vélo. Basile claqua sa langue. « Putain de cliché. » pensa-t-il. Marie revenait déjà. De plus en plus bizarre tout ça.

« Alors ?

– Il ment. Rien d'autre de spécial à dire. Il correspond parfaitement à l'image qu'on se faisait de lui. Petit entrepreneur, bonne famille catho, très famille, même s'il ne la voit pas souvent. Pas d'enfant, paraît que Lynne mentait souvent, d'après lui.

1 Comme maman me dit, dis-moi qui sont les tiens, je te dirais que tu es.

– Je l'aurais peut-être cru, ma nature sceptique tu sais, mais je viens de parler avec deux gamins du coin...

– Euh, en français ? bégaya Marie.

– C'est vraiment important ?

– Disons que ça fait quelques années que je t'ai pas entendu prononcer un mot d'anglais !»

Marie tourna la tête dramatiquement, la main devant les yeux, il ne manquait que les larmes.

« Tu m'as trompée ?

– Ce n'était pas de l'anglais.

– Créole ?

– Oui

– Ah, bah logique, tant que c'est pas de l'anglais.

– Tu sais ce qu'on dit sur le sarcasme ?

– Non, quoi ?

– Rien, ça fait déjà assez chier comme ça. Donc deux gamins m'ont fait une vraie réplique de ciné, comme quoi Thomas n'aurait pas de parfaites fréquentations... On fait quoi ?

– On le suit ce connard. On va se mettre en planque, de vrais flics ma gueule ! »

Basile éclata de rire pendant que Marie montait dans le pick-up.

« On est d'accord qu'on se fout de la vie de Thomas ? Si je suis bien ta logique, il y a un enfant caché. S'il a été caché, la question logique reste où ? Et si où, avec quel argent ? demanda Basile.

– Oui quel argent, surtout que la maison que tu vois ici, c'est aux parents. Fraîchement payée par le fiston.

Mais il la sort d'où sa thune ?

–Justement, si on arrive à lui poser les bonnes questions, on pourra savoir d'où il sort tout ce blé et s'il a aidé à cacher l'enfant.

– Bon en attendant, tu commences la surveillance. »

Sans un autre mot, Basile recula le dossier de son siège, et ferma les yeux. C'était excitant, et ça allait être dangereux. Les gamins avaient tendance à dramatiser, mais la tête qu'ils avaient faite était suffisamment significative pour ne pas laisser place au doute. Peu importe, c'était calme pour le moment, autant en profiter. Basile ferma les yeux.

Un contact sur son bras le sortit de sa torpeur. La luminosité avait grandement baissé, il ne devait pas être loin de vingt heures. Son ventre criait famine et le soleil tirait sa révérence.

Marie ne dit rien, fit un mouvement de tête pour indiquer de la lumière sur le porche de la maison des Troy. Quelques secondes plus tard, Thomas en sortit. Cette fois-ci, il avait opté pour un style légèrement différent. Un *hoodie* noir, un vieux jean tout aussi noir.

« Lose the suit.[1] » pensa tout haut Marie, avec une certaine pointe d'animosité. Elle était comme ça. On pouvait difficilement la ranger parmi les personnes tolérantes même si d'une façon générale elle l'était. Peu importe votre style de vie, religion, sexualité, elle s'en contrefichait. Mais il lui fallait une seule conversation, parfois moins que ça, pour savoir si elle allait vous aimer ou vous détester. Le deuxième cas était souvent le plus commun.

Basile s'étira, fit craquer sa nuque, ses doigts, puis sortit un CD de sous le levier de vitesse.

« Je pense que ça s'impose ! »

Marie n'eut le temps que d'apercevoir la pochette, mais reconnut tout de suite. Elle sourit puis regarda

1 Plus de costard.

Basile le plus sérieusement du monde, qui lui rendit la pareille.

Marie prit la voix la plus grave qu'elle put :

« Un escalier de fer, un couloir étroit et obscur,

– Au fond de ce couloir une porte entrouverte,

– D'où nous parviennent les accords d'une musique,

– Qui en ce lieu paraît irréelle. »

Basile mit le contact, Thomas était déjà au bout de la rue. Marie était sûre qu'il allait suivre les paroles à présent, il lui était physiquement impossible d'y résister. Ajoutons à ça l'ambiance des rues sombres de Louisiane, du frisson des prémices de l'enquête. Elle le regarda et attendit LE moment.

Une dizaine de secondes plus tard, Basile battait le rythme sur le volant tout en glissant le long des ruelles des quartiers pauvres. Thomas se dirigeait vers les énormes usines de production d'aluminium dont les cheminées vomissaient de la purée de pois. Bien que l'endroit n'était pas plaisant, l'éclairage ainsi que les grandes structures métalliques le rendaient fascinant.

Basile poursuivit :

« Le sombre monarque débarque et étale son pouvoir, la puissance de l'ombre s'installe. Non, ne résiste pas, ne lutte pas... »

Tandis que Basile continuait de rapper, Marie éclatait de rire sans pour autant quitter la voiture des yeux.

Basile aperçut l'air sérieux qui se formait sur le visage de cette dernière.

« Qu'est-ce qui te dérange chez lui ? Jusque-là, y a rien de fou. Au pire il cache un petit business un peu louche. Il ment sur sa relation. Mais c'est tout.

– Je... Je sais pas. Je le sens pas.

– Mouais, faudra que tu m'expliques un peu cette manie que tu as. »

Si seulement elle pouvait se l'expliquer. Elle avait vu quelque chose. Mais pas question d'en parler à Basile, il se moquerait d'elle. Déjà qu'elle-même trouvait ça ridicule.

« Il nous emmène où tu crois ? »

En effet, cela faisait une petite vingtaine de minutes que Thomas était sorti de la ville et s'enfonçait dans les champs de canne à sucre. Obligés de poursuivre à très grande distance, ils manquèrent de le perdre à plusieurs reprises. Pour ajouter à ça, le temps commençait à se gâter. La pluie venait par le côté, poussée par de puissantes rafales.

Ils perdirent leur suspect de vue.

Sans perdre son calme, Basile continua de rouler dans la même direction. Ils aperçurent la lumière de la maison avant de retrouver la voiture. Ce n'était d'ailleurs pas une maison, à mi-chemin entre un petit entrepôt et un commerce confortable.

On pouvait lire « Viandes d'Hervé, Slaughterhouse » en rouge sur une pancarte boueuse. Thomas s'était garé dans la cour, au milieu d'une dizaine de véhicules.

Le temps était détestable. Sous ce rideau de pluie, on ne pouvait qu'apercevoir l'entrée grâce au spot de lumière posé juste au-dessus de la porte. Thomas était à l'entrée, accueilli par un gros type blanc, au crâne rasé. Gros et grand surtout, il devait bien peser 150 kilos pour un bon mètre quatre-vingt-dix, obligé de sortir sous la pluie pour laisser passer Thomas. Ce qui se détachait le plus, hormis le fait qu'il remplissait tout l'espace de l'entrée, était sa veste léopard à laquelle il devait vouer un certain attachement puisqu'il se collait au mur pour éviter de la mouiller.

Une fois que Thomas fut enfin rentré, Léopard se précipita, tant bien que mal, à l'intérieur.

« Ok donc pas la porte d'entrée, analysa finement Marie.

– Donc tu veux rentrer là-dedans ? On sait même pas ce qu'ils y font.

– Et tu penses qu'ils font quoi ?

– Un book club ?

– Oui, ou une réunion tupperware. C'est Léopard qui te fait peur ?

– C'est pas spécialement l'armoire à glace ou son style vestimentaire qui, sans faire de mauvais jeux de mots, me mettraient en froid. Mais, surtout la dizaine de voitures et mon petit cul noir au milieu de tous ces blancs.

– Je me disais bien que tu étais un héros, donc on abandonne ? Nan, mais je comprends, d'Artagnan aussi aurait fui, dit-elle en détournant le regard pour cacher son sourire.

– Alors, déjà, on ne sait quasiment rien du vrai d'Artagnan, on connaît surtout le personnage de fiction d'Alexandre Dumas. Et si même tu parlais du personnage de fiction, lui ne risquait que de se faire fictivement tuer. »

Mais la remarque de Marie avait fait mouche et Basile était déjà sorti de la voiture tout en pestant. Il retira sa veste puis sa cravate, suivie de son veston, pour les déposer délicatement sur son siège. Sans même un mot, il se rapprocha de la maison, en évitant soigneusement la porte d'entrée. Marie sentit son portable vibrer et décrocha. Aucune voix, mais seulement le son de la pluie contre le sol boueux. Marie avait lu ça dans un de ses romans préférés, le portable sur haut-parleur faisait office de micro. De vrais enquêteurs !

En faisant rapidement le tour, Basile put observer que la moitié des carreaux des fenêtres était brisée. Il choisit la pièce la plus sombre et la fenêtre la moins coupante pour s'immiscer à l'intérieur. Le sol et les murs étaient recouverts d'un petit carrelage blanc. Basile leva la tête pour distinguer des lignes de préparation en métal, dépourvues de leurs habituels crochets à viande. Comme l'artère d'un bâtiment, elles reliaient les pièces entre elles et devaient probablement finir au cœur.

Malgré le fait que l'abattoir soit devenu un vrai gruyère, le bruit du déluge s'était atténué. En revanche, un nouveau son arrivait aux oreilles de notre jeune d'Artagnan en herbe, ou plutôt des vibrations. Il devait suivre ces gros canaux en acier.

Cela devait donner sur la plus grosse pièce.

*

Il retira ses chaussures, car la semelle en cuir sur le carrelage faisait un boucan d'enfer. Il repoussa de sa main une bâche en plastique qui faisait office de porte, donnant sur un escalier. Les canaux descendaient également et Basile en fit de même.

Une énorme porte en fer, probablement l'entrée d'une chambre froide, se trouvait devant lui. Elle n'était pas verrouillée, le son provenait bien de derrière cette porte.

« Je me suis trompé d'endroit ? Mouais »

Sans aucune autre excuse, Basile ouvrit la porte. Il manqua être repoussé en arrière, étourdi par ses sens mis à rude épreuve. Une musique rythmée et surtout assourdissante faillit le sonner. Mais c'est surtout les multiples odeurs qui risquaient de lui faire tourner la tête. Un mélange de sueur, de marijuana, de pisse et de sexe lui collait le fond de la gorge. Il mit une bonne minute pour s'habituer à ce nouvel environnement. La première pièce était vide, toujours ces canaux, mais sinon rien. En revanche, on pouvait apercevoir de la lumière violette dans la pièce voisine. Il s'y dirigea et fut le témoin d'une scène pittoresque. Troublante, certes, mais fascinante.

La première chose qui lui sauta aux yeux, du moins plus que le reste, fut les singes en cage. La lumière noire faisait ressortir leurs dents pointues. La deuxième chose fut le DJ portant un sac de course avec deux trous faisant office de vision. Le reste était un ensemble de personnages atypiques et de débauche. Malgré sa déclaration passée, il n'était pas le seul noir. Au milieu de la pièce se tordait un jeune maigrichon blanc avec une balafre sur le visage, ce qui devait s'apparenter à une danse puisque sous la même chorégraphie un trentenaire noir ou métis imitait ses gestes, lui plus costaud et torse nu.

Dans l'un des coins, on avait décidé d'y entreposer quelques matelas et canapés afin d'y détendre la clientèle qui en profitait largement, car on y voyait trois hommes entourant ce qui semblait être une très jeune et extrêmement maigre prostituée. Juste à côté, une très grosse dame étouffant de sa poitrine ce qu'on devinait comme étant un homme. On le devinait, car on ne pouvait voir qu'un seul bras dépasser.

Il y avait bien trop de monde, et c'était parfait pour sa discrétion. Impossible de le repérer, il avait bien fait de retirer sa veste. Les gens étaient trop occupés à gesticuler ou forniquer pour le remarquer.

Cependant, difficile de repérer Thomas dans cette faune.

En s'empêchant de continuer à contempler le spectacle, Basile continua de chercher Thomas. Et à moins d'être l'heureux élu de notre belle dame en chair, il ne s'y trouvait pas.

*

La connexion avait coupé. Marie n'était plus en contact avec Basile. Elle attendit une dizaine de secondes qui lui parurent des heures pour finalement se décider. Elle sortit de la voiture et ne prit pas la peine de passer par la fenêtre. Elle n'était pas discrète, elle n'était pas forte comme Basile. Mais elle savait manier le verbe. Elle n'avait jamais connu une seule situation que sa langue n'avait pu délier. Et Dieu seul savait combien elle en avait connu.

Elle fit tout de même attention avant d'entrer et tendit l'oreille pour être sûre que si garde ou videur il y avait, il ne se trouvait pas juste derrière la porte. Si de préférence elle pouvait ne pas se retrouver nez à nez avec le gros type de tout à l'heure...

*

Basile passa dans une autre pièce, plus sombre, qui ne captait que les reflets de la « salle de divertissement » juste derrière lui. Il aurait pu jurer qu'il ne se trouvait pas seul. Des bruits de frottement lui parvenaient jusqu'aux oreilles, ou simplement n'était-ce que son imagination. Comment distinguer quoi que ce soit avec ce bruit ?

La pièce suivante était toute petite. Au milieu se trouvait le videur que Basile avait remarqué à l'entrée. Il était posé sur sa chaise et feuilletait un magazine de mode japonais. La pièce était éclairée par le dessus et, par conséquent, mettait en valeur le sommet du crâne de notre gravure de mode.
Basile eut un meilleur aperçu de ce dernier, il remarqua de nouveau la magnifique veste au motif léopard, mais le reste n'était pas à plaindre. Entre le

pantalon bouffant jaune en matière plastique brillante et les énormes baskets rouge vif… La seule chose qui ne tournait pas rond, c'était ce regard sérieux qu'il lançait en direction de Basile.

« Who the fuck are you ? »

Il posa sa revue sur le sol et se leva.

Basile était loin d'être petit, du moins le pensait-il avant de rencontrer son nouvel ami.
Son corps avait déjà réagi, il se mit en position défensive sans réellement s'en rendre compte. La peur avait dû aider. Son bras gauche plié, avec le poing au niveau des yeux, le bras droit dans la même position, mais moins avancé, et légèrement plus bas. Son pied gauche était à plat, devant lui, tandis que son pied droit était légèrement sur la pointe, et en arrière.

Français jusqu'au bout des ongles, et des poings. Il avait appris la boxe française. Il ne manquait plus que

le salut savate, mais son adversaire n'avait pas l'air d'être à cheval sur le règlement.
On ne peut pas se défendre contre un adversaire plus lourd et plus grand. Une chose qui l'étonna c'est que, aussi monstrueux soit le type en face, il n'avait pas l'air sûr de lui. Mieux, il tenta d'imiter la position de Basile.

Le problème n'était pas l'allonge, mais s'il se faisait attraper, c'était probablement fini. Donc, oublions les poings.

Le haut de son corps se mit en arrière tandis que sa jambe droite se leva, des mots défilèrent dans la tête de Basile : « chasse jambe arrière bas » et le pied abattit sur le genou de son adversaire. Il eut à peine le temps de réagir pour se protéger, un simple réflexe de légèrement plier le genou lui évita de se le faire casser.

D'autres mots : « chasse saute figure » non, il pourrait le tuer, il corrigea : « fouette saut figure ». Il sauta très légèrement afin d'augmenter sa portée et son pied s'élança en direction de la mâchoire de Léopard, l'atteignant à pleine puissance à l'endroit recherché. L'impact fut si fort qu'il aurait juré avoir entendu un craquement. Les yeux du gros type partirent en arrière et il s'écroula lourdement. Sans la musique, le bruit aurait alerté les fêtards, mais impossible d'entendre quoi que ce soit ici.

Basile prit le temps de reprendre son souffle. Il se pencha sur le videur et vérifia son pouls. Rythme normal, tant mieux.

Il entendit un bruit derrière lui et se retourna aussitôt.

Marie se tenait devant lui, essoufflée.

« Ton portable... Plus de signal... J'suis venue » dit-elle entre chaque respiration.

L'énorme chambre froide ne devait pas laisser passer le réseau.

Marie regarda Léopard au sol, sur le côté, la bouche ouverte. Il avait presque l'air paisible.

« Il est...?

– Non »

Elle ne parut même pas soulagée. Parfois elle pouvait être extrêmement indifférente.

Basile poussa la porte en fer. Il lança un regard à l'intérieur et fit un geste pour laisser entrer Marie.

Quand elle mit le pied dans la salle et croisa le regard de Thomas, elle eut une sorte de léger vertige puis un grand flash. Elle vit Thomas, vêtu de rouge, d'or et de blanc, paré d'une couronne de lys d'or, d'un sceptre d'or dans sa main droite, majestueusement assis sur son trône, d'or également. Il était entouré de femmes habillées de robes bouffantes.

Marie cligna rapidement des yeux. Il ne restait plus que Thomas, dans ses habits de sport noirs, et quelques prostituées autour de lui. On pouvait discerner une multitude de drogues sur les tables aux alentours de la pièce ainsi que quelques liasses de billets.

Marie avança d'un air menaçant :

« Cut the crap, Thomas ! [1]»

Basile appuya son propos se mettant derrière Thomas pour lui tenir la tête. La panique se lut dans les yeux du jeune entrepreneur.

Puis Basile leva la main, haut, très haut…

1 Arrête tes conneries, Thomas !

2

Basile est un ado de 14 ans et est déjà grand pour son âge ; il rattrape même Marie et commence déjà à la regarder de haut.

Marie s'énerve un peu :

« Tu vois où ça nous mène ?

– De quoi ?

– Tes serments ! T'auras jamais les thunes pour partir en France. Pas comme ça. Que tu apprennes le français est génial. Mais pourquoi refuses-tu de parler anglais ? Et même de le comprendre. Impossible que tu aies oublié la langue de ta mère. »

En disant ça, Marie comprend soudain que ses mots sont mal choisis, elle se mord la lèvre. Mais ce n'est pas de sa faute. Elle a le meilleur professeur au monde, mais le français reste une langue compliquée.

Mais Basile sourit.

« Et pourquoi pas ? Peut-être que je l'ai oublié. Je me retrouve dans les valeurs françaises.

– Quelles valeurs ? Tu crois vraiment que tes chers Français respectent leurs propres valeurs ? Ils sont ignorants, racistes et méchants. Comme tout l'monde.

– Et bien appelle moi naïf, mais pour moi ce n'est pas le cas. Je me rattache aux valeurs françaises, pas aux Français. Et puis merde, on n'en sait rien, ils sont peut-être différents. Je deviendrai un grand cuistot à Paris, Toulouse, Lyon... Je veux pas rester ici. J'en ai marre de retrouver mon père bourré à chaque fois que je rentre de l'école. De voir l'absence de ma mère dans chaque recoin de la maison. »

Basile sourit toujours, mais Marie jurerait presque qu'il est en train de pleurer. Elle se lève et le prend dans ses bras.

« You suck ! »[1]

*

Marie ne rêvait que d'une seule chose, une douche. Après la nuit qu'ils venaient de passer avec Basile, elle était épuisée.

« Wake up[2], dit-elle en mettant un coup de pied à Basile.

– Quoi ? »

Même au réveil ? Comment peut-on se formater à ce point ?

---

1 Tu crains !

2 Debout

Ils étaient chez lui, Marie n'avait pas eu le courage de rentrer chez elle et devoir donner des explications à ses parents. Ils étaient donc dans la « maison » de Basile. Une bicoque en plastique, avec une délimitation du terrain faite à la fois de grillage et de planches de bois. Le seul logement que l'on pouvait se permettre avec un salaire de cuisinier de food truck. Sachant que Marie suspectait qu'une bonne partie de son salaire allait directement dans un compte pour ses futurs « voyages ».

« Je dois y aller, soit tu viens avec moi au … police station.

– Commissariat, corrigea Basile.

– Voilà, pour ma déposition, soit tu continues de dormir, ça me va.

– Tu as donné ton vrai nom ?

– Oui, mais pas mon adresse, j'ai pas pour intention de venger la mort de Lynne ou une connerie dans le genre, mais si on peut trouver qui a fait ça, ou aider la police.

– Je suis pas sûr que, jusque là, on l'ait bien aidée. Je pense surtout qu'on a bien prévenu tous les suspects potentiels en leur foutant la frousse et je pense pas...»

Marie mit sa main sur la bouche de Basile. « Tu viens ? »

Basile se leva du canapé, prit quelques affaires dans sa chambre et se dirigea vers sa salle de bain. Marie lui emprunta une chemise, beaucoup trop grande pour elle, qu'elle coinça dans sa jupe afin d'avoir l'air présentable. Il y avait des miroirs partout, mais celui du salon était le plus grand avec celui de la chambre. Elle vérifia que tout était en ordre et tout l'était, à part sa coiffure.

Elle frappa à la porte de la salle de bain et n'eut pour réponse qu'un petit « j'arrive ».

Elle savait que ce n'était pas le cas. Elle sortit une brosse de son sac et tenta de sauver le désastre.
Il n'avait pris que 20 minutes à se préparer, un record probablement. Elle devait passer dans la matinée et il était déjà 11h30.

« On va être en retard » analysa subtilement Basile.

Le commissariat n'était qu'à 15 minutes de chez Basile, ils devraient arriver à temps. Toujours sur son trente-et-un, Basile s'admira une dernière fois dans la glace puis sortit. Une fois dans le pick-up, Basile mit le contact et dit :

« Au fait, je n'avais pas demandé : comment t'as retrouvé le corps ? Enfin tu m'as dit l'avoir trouvé dans les bayous, mais tu y foutais quoi ?

– Rien, je sais pas...

– Comment ça rien ? Gueule de bois ? Sans moi ?

– Nan vraiment. Je sais même pas comment je me suis retrouvée là. C'était à une heure à pied de chez moi, je n'avais pas pris le pick-up. Pas de mal de crâne, rien.

– Mmmh ok.

– Quoi ok ?

– Bah je te fais confiance, tu sais pas, passons.

– Mmmh ok. »

Basile sourit, ils étaient bientôt arrivés.

*

Est-ce que toute la Louisiane urbaine n'avait qu'un seul moule pour tous ses bâtiments ? Tous les bâtiments de police se ressemblaient. Un cube en brique orange, quelques colonnes à l'entrée pour annoncer fièrement *police department* en noir sur fond blanc, porte vitrée. Et tout ceci ne serait rien sans le superbe drapeau américain.

Basile tint la porte et Marie entra pour la première fois dans ce qu'elle avait tant redouté étant petite. Pas de quoi s'alarmer pour autant, rien n'était plus classique. À part les uniformes, on aurait pu se croire dans une petite branche d'une tout aussi petite entreprise. La secrétaire leur montra du doigt l'une des pièces, des murs en verre protégés par des stores. Il ne devait pas y avoir foule ce matin pour que l'on n'ait pas à vérifier leur pièce d'identité, ou au moins leur demander leur nom. Au bout de 5 minutes, un jeune agent de police se présenta à eux, un grand, pas gros, mais tout gonflé, à qui on avait dû donner la mauvaise taille d'uniforme. Basile en profita pour fumer à l'extérieur.

Quand il sortit sa clope et toucha ses poches pour retrouver son briquet, une flamme apparut devant lui. Il en profita sans trop se poser de questions et leva le regard. Un grand type, tout fin, trop fin, on pouvait penser à une mante religieuse en le voyant, se tenait devant lui. Si Basile était connu pour ses goûts en matière de costume, la personne qui se trouvait en face de lui n'avait pas à rougir. Une chemise à froufrou, du moins c'est comme ça que Basile l'aurait nommée, tenue par une grosse croix de cravate. Sous son chapeau borsalino, un grand sourire l'accueillit, mais le reste…

Un grand nez traversait son visage escorté par des pommettes osseuses. Son visage était comme taillé dans la pierre, seuls ce sourire et ses grands yeux étaient souples. Croque-mort, ce fut la première idée qui traversa Basile, et pas de notre époque. Mais, malgré ses habits et ses traits durs, c'était son sourire chaleureux et, encore une fois, ses yeux sincères qui étaient mis en avant.

« Merci » répondit machinalement Basile, avant de vouloir se corriger. On lui répondit :

« Mais de rien, français ?

– Si seulement »

Sans imaginer que cela puisse être possible, le sourire du grand type s'élargit encore, révélant de grandes dents, ainsi que la marque du bonheur.

« Baron Montmorency, enchanté.

– Basile Croquère, c'est moi.

– Basile Croquère ? Vraiment ? Connaissez-vous les origines de votre nom ?

– Oui le prénom n'a pas été choisi au hasard. Je pourrais vous poser la même question, mais vu votre titre, je pense que vous avez parfaitement connaissance de vos origines.

– C'est à vous la voiture ? »

La question surprit Basile, le Baron montrait effectivement le pick-up.

« Symbole d'Erzulie, une croyance ? Ou le gagne-pain de votre amie ? »

Basile recula d'un pas par réflexe.

« Oh, ne vous inquiétez pas, il s'avère que votre enquête m'est très utile. Je travaille pour le consulat français et les ADN retrouvés sur la victime sont très importants. Disons qu'ils font partie de l'histoire française. Et j'en ai déduit pour votre amie, du fait de votre pick-up retrouvé avant même que la police ne soit sur les différents lieux de l'enquête, que vous étiez bien le duo d'enquêteurs amateurs que je recherchais, car vous êtes enquêteurs n'est-ce pas ? Elle n'est pas prêtresse vaudou je me trompe ? Pas besoin de répondre, cela ne me regarde pas. Pour l'instant, vous êtes allé bien plus vite et plus juste que la police. J'ai l'impression que ces idiots voient cette enquête comme une future impasse.»

Basile garda le silence, il ne se sentait pas particulièrement menacé, mais il ne pouvait savoir ce qu'il pouvait révéler.

« Tenez, ma carte. Si vous avez des informations ou des questions, je serai... un téléphone sonna... Excusez-moi. »

Et le Baron s'en alla. Il se dirigea, le téléphone à la main, vers sa voiture. Un homme noir lui ouvrit la portière, mais Basile ne put apercevoir son visage.

Marie ne sortit qu'une minute ou deux plus tard.

« Tu fais une tête...

– Plus on avance dans cette histoire et plus ça devient grave.

– Des gamins ? Une vieille dame avec une boule de cristal ? Un homme mystérieux ? Des suits [1] ?

– La troisième. »

Marie éclata de rire, puis se ravisa rapidement en voyant la tête de Basile.

« Tu déconnes !

– Baron Montmorency. »

---

1 Homme en costume

Marie garda la bouche ouverte, on se serait cru dans un film. Ils se dirigèrent vers la voiture.

*

« Allô ?

– Yeah, we found them, maybe.

– En français s'il vous plaît.

– Nous les avons tr...

– J'ai compris, comment ?

– Dans un bar louche, le propriétaire du bar fait aussi receleur, un de mes hommes est sur les lieux, je les rejoins aussitôt. De vrais clones, blonds, parlent pas un mot d'anglais et extrêmement louches. Vous aviez raison, le bar se trouve pas loin de la zone que vous nous aviez indiquée.

– Le propriétaire les connaît ?

– Pas que je sache, je les ai vu passer derrière le comptoir et entrer dans l'arrière-boutique avec un gros sac. Dans le genre louche, on fait pas mieux. D'ailleurs, le proprio a failli s'étouffer, mais n'a pas pu passer sur une occasion comme celle-ci.

– Envoyez l'adresse à Lodewikus.

– Pas de problème, vous voulez qu'on s'en occupe ?

– Ne prenez surtout jamais d'initiative, par pitié. Faites en sorte qu'ils ne sortent pas de ce bar, mais ne leur faites surtout aucun mal.

– Oui monsieur. »

Le Baron raccrocha. Pour une fois, c'était facile.

« Forty minutes[1], informa Lodewikus, le chauffeur. »

Parfait se dit Pierre, il sentit déjà quelques picotements sur le bout de ses doigts et ne voulant pas

---

1 Quarante minutes

être excité trop rapidement, préféra joindre et serrer ses mains. Quarante longues minutes avant la rencontre qu'il attendait tant.

*

« Montre la carte »

Marie voulait sûrement une preuve de ce qu'il venait de lui raconter. Basile tendit la carte.

Il était simplement écrit « Baron » dans une typographie telle qu'on aurait juré être faite à la plume, ainsi qu'un numéro de téléphone.

« Naaaaaaan »

Marie continuait de gober les mouches.

« Ah ! Une dernière chose. Si je ne me trompe pas il a bien dit « les ADN ». Donc plusieurs tueurs ?

– Probablement, ou il ment.

– Il n'avait vraiment pas l'air de... Nan, tu as raison. Donc ?
– Donc on l'ignore pour l'instant ? On va voir l'adresse que Thomas nous a donnée. Mais avant, faut qu'on aille voir nos fournisseurs. Je suis à sec pour pas mal d'ingrédients ainsi que pour le plus important.
– Un jour, il va falloir m'expliquer pourquoi tu t'embêtes à prendre les vrais ingrédients pour ton arnaque. Ça te coûterait moins cher et tu serais pas obligée d'aller voir ces deux tarés.
– C'est tout simple, je n'ai aucune imagination ni motivation à inventer de faux rituels, et comment rendre ça le plus authentique possible qu'en utilisant les produits fidèles aux recettes ? Haha, ça te la coupe ! »

Basile secoua la tête, ce n'est pas qu'il n'aimait pas *Chuck* et *Kis* mais même pour Basile ils étaient trop « spéciaux » pour citer Marie.

*

Les jumeaux attendaient au bar. Ils n'avaient rien commandé, mais le patron leur avait servi des bières qu'ils ne touchaient pas. Ils étaient habillés plus ou moins de la même manière, c'est à dire habits crasseux. Les deux portaient un débardeur blanc, du moins l'avait-il été un jour, qui laissait apparaître des épaules fines mais musclées. Impossible de les différencier. Tous les deux blonds, le trait qui les caractérisait le plus était la mâchoire proéminente qui se détachait du reste du corps mince et presque féminin. En revanche impossible de leur attribuer un genre.

Leurs cheveux gras étaient plaqués en arrière, longs sur le dessus, mais très courts sur les côtés. Le proprio s'approcha d'eux avec un petit sac en papier à la main, toute subtilité et tentative de discrétion avait définitivement été mise de côté. À peine eut-il posé le sac sur le comptoir que l'un des jumeaux s'en empara, tandis que l'autre avait déjà sauté de sa chaise de bar.

Les hommes du Baron étaient présents, l'ordre était de ne pas les laisser partir. On ne leur avait pas dit pourquoi, ni comment. Étaient-ils dangereux ?

« J'ai une drôle d'impression en les regardant. Toi, repère leur pick-up et ne laisse personne approcher. Nathan, Jacob, venez avec moi. »

Nathan et Jacob étaient les deux types bodybuildés du groupe. Des montagnes de muscles, autobronzés portant des T-shirts bien trop petits pour eux, avec des cols en V auxquels il ne manquait que quelques centimètres pour dévoiler leur nombril.

« Hey you two, got a minute ?[1] »

Les jumeaux se retournèrent quelques instants, mais continuèrent vers la sortie. Mais c'était sans compter la vivacité et l'intelligence de monsieur muscles numéro 1.

« You hear the boss ? Just a minute.

– Bro, I think this one is a girl, look dat ass ![2] »

Monsieur muscles numéro 2 venait d'attraper le bras de l'un des jumeaux et le soulevait.

Cependant la réaction de celui-ci ne fut pas agressive. Il ou elle passa l'autre bras autour du cou de son assaillant et sourit en se collant à lui.

« See ? She likes me ![3] »

Il relâcha la pression sur le bras qu'il tenait, qui se déposa à son tour sur le cou de taureau de Nathan. Se

---

1 Hey vous deux, vous avez une minute ?

2 Vous avez entendu le boss ? Juste une minute.
Frère, je pense que celui-ci est une fille, regarde ce cul !

3 Tu vois ? Elle m'aime bien !

rapprochant de plus en plus, Nathan passa ses énormes bras autour de sa nouvelle copine.

Celle-ci en profita pour déposer un baiser sur le cou de Nathan qui frissonna légèrement. Une sensation chaude lui envahit la nuque. Peut-être le souffle ? Non c'était bien plus chaud, et liquide.

Nathan tomba à la renverse, recouvert de sang.

Le jumeau recula de quelques pas, cracha quelque chose au sol qui émit un doux « floc » humide au moment de toucher le sol. Du sang lui coulait tout le long de la gorge, puis se tourna vers son jumeau.

Celui-ci souriait.

Cela faisait dix minutes que le Baron n'arrivait plus à joindre son contact. Quand ils arrivèrent au bar, c'était d'ailleurs plus un bar routier qu'autre chose, ils surent tout de suite la raison du silence radio.

L'homme de main du Baron était assis contre la roue du seul pick-up du parking. Il regardait dans le vide, la bouche ouverte. Non pas ouverte, il murmurait quelque chose.

Le Baron s'approcha de lui, se mit accroupi et prit à deux mains sa canne en y mettant tout son poids.

« Bonjour monsieur Leblanc.

– They bit me... they fuckin... It's LeblanC, with a C.

– Non monsieur Leblanc, on ne prononce pas le C, cela signifie The White.

– Really ? I never knew, ses yeux étaient toujours fixés vers la porte du bar.

– Que s'est-il passé ?

– They bit me... look ?[1] »

---

1 Ils m'ont mordu … ils m'ont putain de … C'est LeblanC. Avec un C.
Vraiment ? Je n'ai jamais su.
Ils m'ont mordu… Regardez !

Ce qu'il appelait « morsure » était une énorme partie de son biceps arraché par une puissante mâchoire. Le Baron en avait noté quelques autres sur le reste du corps.

« Où sont-ils ?

– Fuck... They... »

Le Baron répugnait à faire ça, mais il n'avait pas le choix ; il laissa glisser sa canne contre son épaule et prit la tête du blessé entre ses mains.

« Écoutez-moi, c'est très important, où sont-ils ? Sont-ils partis ?

– Non, souffla difficilement le mutilé en montrant du pouce le pick-up derrière lui, peuvent pas.

– Bien bien, maintenant c'est encore plus important, écoutez-moi. Sont-ils blessés ?

– What ?

– Les avez-vous touchés ?

– Quoi ? Non, on... on a essayé mais... »

Son souffle s'accélérera, il détacha une seule seconde son regard du bar pour croiser celui du Baron.

Non pas le Baron, le Baron avait un grand sourire, des yeux qui riaient souvent, c'était un super patron. Drôle de pistolet, se dit Leblanc, un antique, pas américain, est-ce que ça pouvait encore faire feu ?

La détonation qui suivit lui donna la réponse. Son corps était déjà bien calé et la balle qui lui traversa le cœur ne perturba pas sa position. Il respirait vite il y a quelques instants, pourquoi c'était si difficile alors d'inspirer simplement une autre fois.

LeBlanc n'était plus.

La voix qui s'éleva n'était plus amicale ni chaleureuse, au contraire, elle était tranchante et montait légèrement dans les aigus.

« Ludowicus, je veux que tu t'occupes de tous les témoins, et si tu croises les jumeaux, ne les touche surtout pas et appelle-moi. »

Ludowicus n'était pas très à l'aise avec le français, mais il savait déjà ce qu'il avait à faire. Et pas moyen de contredire le boss quand il était dans cet état là. Le Baron entra dans le bar, son arme à la main.

*

La pièce était sombre, même pour un bar miteux comme celui-là. L'œil, en moyenne, met 20 à 30 minutes pour s'habituer au noir. Mais il existe quelques techniques pour accélérer le processus, dont celle de fermer les yeux pendant une dizaine de secondes ainsi que de se cacher l'un des yeux. Les pirates n'étaient pas tous borgnes, simplement malins.

La Baron utilisa sa main libre pour cacher son œil gauche, celle dans laquelle se trouvait sa canne.

Il chercha un interrupteur, sans succès. Il procéda lentement, très lentement, ce qui lui permit de ne pas trébucher sur le cadavre d'un grand type accro aux stéroïdes. Il recula d'un pas pour éviter l'énorme mare de sang qui l'entourait. Plusieurs autres corps étaient éparpillés dans la pièce, tous recouverts de morsures. Drôle d'habitude de vouloir goûter tout le monde.

Un gémissement de douleur s'échappa de derrière le comptoir du bar. Le Baron fit lentement le tour et arriva sur ce qui semblait être le reste du barman. Sans réfléchir, il appuya sur la détente. Une balle portée au cœur, puis une deuxième une fois la victime au sol.

Et le processus se poursuivit dans toute la pièce, pour les quelques survivants du bar, chacun d'eux reçut le même châtiment.

« J'ai un marché à vous proposer ! » cria le Baron.

« Mmmh, même pas sûr que vous pouvez me comprendre, SORTEZ, je dépose mon arme. »

Le Baron n'en fit rien, mais la baissa légèrement.

Peu de chance que ça marche, il attendit une minute, mais n'étant pas patient de nature il faillit reprendre ses recherches quand il entendit un bruit.

La lumière aveugla le Baron, qui s'empressa de fermer les yeux. Les jumeaux sortaient de l'arrière-boutique. Ils étaient entièrement recouverts de sang. Quelques mèches de cheveux étaient collées au visage. Cela n'avait pourtant pas l'air de les déranger. Malgré l'assurance qu'ils montraient, les jumeaux gardèrent une certaine distance vis-à-vis du Baron.

Celui-ci rangea son arme et s'appuya sur sa canne.

*

Quand le Baron sortit du bar, Lodewikus l'attendait près de la voiture.

« No more witnesses. Two people in the restroom, that's it. I chec... »

Lodewikus s'arrêta en voyant les deux jumeaux sortir à leur tour du bar en suivant le Baron de près, trop près.

Il les dévisagea de la tête au pied.

« Let me take a blanket first. »

Le jeune sud-africain avait enlevé sa veste et remonté ses manches, on pouvait distinguer une multitude de tatouages rudimentaires, probablement faits en prison. Il se dirigea vers l'arrière de la voiture et ouvrit le coffre, en sortit un vieux plaid sombre qui lui permit de recouvrir les sièges arrière.

Le Baron ouvrit la porte et laissa les jumeaux entrer. Malgré son aversion sur tout ce qui était contact physique, le patron s'installa à l'arrière.

« Nous allons visiter les bayous Low. »

Et le Baron se tourna vers les jumeaux, tout sourire.

*

« Ils sont où en ce moment ? »

Marie et Basile étaient déjà en route pour rejoindre leur fournisseur.

« Me semble que Chuck m'a dit qu'ils étaient à l'un des festivals de Beauregard.

– Beauregard ? Mais c'est super loin !

– Heureusement qu'on s'y est pris tôt.

– Mais on en a pour au moins deux heures pour l'aller, c'est si important que ça ? Maintenant ?

– Plus que ça... »

Marie montra une pochette quasiment vide, on pouvait distinguer quelques restes de fleurs de cannabis.

« Je vois, pas le choix. » dit-il d'un air sérieux.

Marie sourit aussi, puis se ravisa :

« Par contre je vais éviter aujourd'hui.

– Ah ?

– Oui, une sorte de test, pour ces prochains jours. »

Basile ne répondit pas, regarda devant lui, et attendit la suite. Le temps était dégagé, il faisait chaud, mais bien moins lourd qu'hier. Marie posa ses pieds sur le tableau de bord.

« Je vois des choses... »

Basile se pinça les lèvres. Il continuait de regarder devant lui mais n'en put plus et éclata de rire.

Marie plissa les yeux, légèrement froissée.

« Ah mais tu t'fous pas d'ma gueule en fait ? T'es sérieuse ? Et genre tu vois quoi ? *Des gens qui sont morts* ?

– Non Malcolm. J'vois juste... Comment dire, réellement les gens, des sortes de visions. Euhm... Oublie.

– Non non je t'écoute, sérieusement, donne-moi un exemple.

– C'est très flou, je pourrais pas te dire mais... Disons que quand je rencontre quelqu'un j'ai une sorte de flash avec... Nan mais oublie. En gros, ça n'a strictement aucun sens, et c'est pour ça que je veux arrêter la *weed,* voir ce que ça donne.

– C'est pas nouveau nan ?

– Non, mais à ce point-là si. Pourquoi ?

– Non rien, tu sais qu'il y a peu d'effet hallucinatoire dans la consommation du THC ?

– Quand même.

– Non vraiment, je parle pas de danger ou quoi que ce soit. En termes de symptômes, l'alcool a plus d'effets hallucinogènes que le cannabis. Mais je comprends la démarche.

– Merci.

– Alors pourquoi on va chez les tarés ?

– Les appelle pas comme ça, et t'es obligé de tout analyser ?

– Bah je suis Sherlock oui ou non ?

– C'est un festival aujourd'hui, t'as prévu des dates ou pas ?

– J'avais prévu de faire la première de Dane Cook [1], toujours pas de réponse de sa part. »

Marie préféra se cacher le visage plutôt que de sourire à la blague de Basile.

*

1 Humoriste américain peu connu pour sa subtilité

« Wow tu m'étonnes qu'ils se soient installés ici. Festival de quoi ?

– De la pastèque ou un truc du genre. »

Effectivement, comment ne pas succomber aux charmes des environs. Malgré le côté perdu et rural, on ne pouvait rêver mieux pour une famille. Du moins c'était l'idée qui traversa Marie. Ils venaient de passer à côté d'un terrain de base-ball où des parents acclamaient leurs rejetons.

« Mais sérieusement ? Ils ont décidé de s'installer finalement ? Ils sont ensemble ? interrogea Basile.

– Chuck et Kis ? Bah non, pas que je sache, ils ont peut-être flairé un coup ou un marché intéressant. Tu leur demanderas.

– Ce qui me fait peur c'est surtout quelle vidéo Kis va me montrer cette fois-ci.

– C'est quoi l'idée déjà ? Le meilleur et le pire de l'homme ?

– Pour le meilleur et pour le pire, comme le mariage, corrigea Basile. C'est surtout le pire qui me fait peur, la dernière fois c'était un type qui se mettait un bocal en verre… Nan mais rien que l'idée me donne envie de vomir.

– Je suis sûr que tu l'aimes bien au fond, vous avez tant de petits moments rien qu'à vous.

– Super » dit Basile appréhendant la rencontre avec ce qu'il considérait comme son ami.

Marie sortit à nouveau son calepin. Ils étaient dans le bon village, forcément ces deux-là n'avaient pas d'adresse !

« Tourne à gauche, Chuck m'a dit que c'était dans ce coin-là. On devrait pas les louper normalement. » assura Marie en vérifiant ses informations.

Et effectivement, il était impossible de les louper.

Un énorme camping-car au milieu d'herbes folles, se dressait fièrement, rempli de pancartes indiquant

« Powerful good-luck Charm[1] », « Antiques » ou encore « medicinal plant[2] » parmi tant d'autres. Étonnamment, aucun prix n'était précisé. À part le lieu, rien n'avait changé, surtout pas le grand panneau « Chuck & Kis » au milieu de ses petits frères. Le store extérieur était tiré mais pas de comptoir, affaires au point mort !

Basile s'installa derrière le camping-car pour ne pas faire de l'ombre à ses amis.

Une fois sorti, il eut à peine le temps de frapper à la porte qu'une grande rousse aux cheveux mouillés l'ouvrit.

« Rousse ? S'inquiéta Basile.

– Bah ouais ma gueule, t'as peur ?

– Tu comptes tester toutes les couleurs ? répliqua Basile

---

1 Charme de chance puissant
2 Herbe médicinale

– Ça me fait tout aussi plaisir de te revoir Basile, ton français est toujours impeccable, on pourrait même se poser des questions sur tes origines.

– Si seulement.

– Yo Chuck, excuse Basile, il a dû lire quelque part que les Français étaient impolis, et se doit de perpétuer la tradition.

– Je vois... Entrez, et toi va au bureau, Kis t'attend, il a des vidéos à te montrer. »

Basile grimpa les marches et préféra ne rien dire. Avez-vous déjà essayé d'argumenter face à une femme forte et indépendante ? Alors imaginez deux.

« Te lève pas Kis, j'arrive ! cria Basile.

– Chuck, tu as encore laissé un noir entrer ? »

En effet, Kis ne se leva pas, mais tourna tout de même son fauteuil roulant en direction de Basile. Le camping-car était gigantesque. Kis pouvait aisément se déplacer à l'intérieur sans aucun problème.

« Il est particulièrement en forme aujourd'hui ou c'est moi ? demanda Chuck.

– Je sais pas ce qu'il a, mais je crois connaître la raison. Enfin bref, tu as ce que je t'ai demandé ? »

En posant sa question, Marie découvrit un nouveau tatouage sur le bras de Chuck, numéro 15 ou 16 peut-être, en tout cas son bras gauche en était recouvert, et son débardeur ne cachait rien. Tous les styles y étaient, du oldschool américain jusqu'au traditionnel japonais en passant par ses propres créations. Parfois, Marie se demandait si Chuck ne se les était pas faits toute seule, et si oui, comment ? Les grands yeux bleus de Chuck se plissèrent.

« Pourquoi la craie ? Tu vas faire un rituel ? »

Chuck était friande de ce genre d'informations. Ce n'était pas la première fois qu'elle interrogeait Marie dans ce domaine, même si Marie lui précisait à chaque fois qu'elle n'y croyait pas.

« Peut-être, c'est assez trouble en ce moment, disons que ça pourrait m'être utile. Je pensais marquer d'un trait chaque mauvaise blague de Basile.

– C'est vrai qu'il serait sympa tout en blanc ce camion mais c'est salissant. Donc oui j'ai tout trouvé, je t'ai rajouté ça. »

Par ça, elle voulait dire le sachet en plastique rempli de têtes de cannabis. Marie était tentée, réellement tentée, elle ne ressentait pas de dépendance physique, si tentée qu'on pouvait la sentir. Mais un peu de détente ne ferait pas de mal, surtout si l'on considérait les derniers événements.

« Merci » elle accepta tout de même, Basile aurait ronchonné si elle avait refusé, et personne ne voulait entendre Basile ronchonner.

Marie sortit un porte-monnaie de la poche de sa longue jupe et se mit à compter une liasse de billets.

« Et qu'est-ce que vous faites dans cet endroit paumé ? Alors c'est super mignon, hein, au point que Basile et moi on s'est demandé si vous comptiez enfin vous poser et vous marier.

– Qui ça ? Moi et Kis ? »

Chuck éclata de rire et se dirigea vers Basile et Kis. Ils faisaient une drôle de tête, probablement le « pire de l'homme », Kis avait dû dénicher une vidéo ignoble d'un énième exploit de la race humaine, au point que même lui n'avait pas l'air confortable.

Chuck n'en pouvait plus, elle s'étranglait à moitié, et toussait quelques fois, mais réussit à expliquer :

« Marie et Basile croient qu'on est ensemble.

– Bah quoi ? Vous faites tout ensemble, vous vivez ensemble, je vous ai jamais vu l'un sans l'autre. C'est pas complètement saugrenu.

– Saugrenu ? » c'était au tour de Kis d'éclater de rire.

« Fichtre, quel faquin ose encore parler de la sorte ?

– Faquin ?

– Homme de peu de lettres, très cher ! »

Même si l'on venait de se moquer de lui, Basile avait déjà oublié, et essayait de retenir le nouveau mot qu'il venait d'apprendre en répétant « faquin » plusieurs fois.

Kis en profita pour demander :

« Et pour répondre à cette question, vous vous êtes vus ?

– Quoi ?

– Jamais l'un sans l'autre, travail ensemble, ça te dit quelque chose ?

– Sinon, c'est sympa ce quartier ! » répliqua Marie.

Ils rirent tous ensemble.

« On est là pour, roulement de tambour, Beauregard watermelon festival ! annonça Kis

– Et sérieusement ? questionna Marie.

– Sérieusement, tu n'imagines même pas le monde que ça amène. Nous on en profite pour vendre nos produits, plus les jeunes qui cherchent à se détendre.

– Mais vous avez le droit ? Enfin, on vous emmerde pas ?

– Bah j'imagine qu'on va nous demander de bouger plusieurs fois, mais t'as vu la cambrousse du coin ? C'est pas le gazon qui manque. Et puis on n'est pas des méchants, on vient à peine d'arriver et on nous adore déjà. Chuck a déjà dû sortir son aiguille, elle a même fait bonne impression en contactant les parents avant de tatouer un petit jeune. Bref tout roule pour nous.

– Ah j'ai jamais douté là-dessus Kis, tenta Basile en mettant sa main sur l'épaule de Kis.

– Il compte faire un spectacle celui-là ? s'exaspéra Kis.

– Ah ? Tu vois ? J'ai dit exactement la même chose tout à l'heure.

– J'ai l'impression d'être la tête de Turc du groupe, c'est parce que je suis noir c'est ça ? »

Chuck secoua la tête, tandis que Marie et Kis se frottèrent les tempes.

« Bon c'est pas tout mais faut qu'on y aille hein.

– Oui bah j'comprends et nous on doit faire... Plein de trucs. »

Kis se tourna vers l'ordinateur et tapota aléatoirement sur le clavier.

Chuck, en tendant la main vers la sortie, risqua poliment :

« J'vous raccompagne.

– Mais on vient d'arriver, rechigna Basile.

– Oui mais on a de la route et une maison à visiter.

– Vous emménagez ensemble ? Enfin ? »

Marie ne daigna même pas répondre.

3

Basile est tout petit, à peine 9 ans. Il rentre de l'école et part à la recherche de sa mère, elle n'avait pas pu lui faire un bon petit déjeuner ce matin à cause de son mal de crâne. Elle va sûrement se rattraper avec des bonbons ou un gâteau.

Pas dans la cuisine, étrange, elle est peut être encore malade ? Le jeune Basile se dirige vers la porte de la chambre de ses parents, elle est entrouverte. Les volets sont fermés et Basile peine à apercevoir quoi que ce soit, il est normalement interdit pour lui d'entrer sauf en cas d'urgence ou de cauchemar particulièrement terrifiant. Il reconnaît cependant sa maman endormie par dessus les draps.

Il hésite, mais son appétit le pousse à réagir et commence à secouer doucement le bras de sa mère. Aucune réponse de sa part, mais Basile n'est pas inquiet, le sommeil lourd fait partie des gênes de la famille. Il se pose sur le lit pour commencer à la chatouiller. Une idée épouvantable lui vint à l'esprit, Basile, sans comprendre pourquoi, commence à pleurer tout en secouant de plus en plus violemment le corps de sa mère, jusqu'à lui donner des coups de poing.

Une demi-heure plus tard, ce sont des ambulanciers qui entrent chez lui, sans enlever leurs chaussures, sans dire bonjour. Il avait appelé Papa qui avait lui-même appelé les urgences. Il ne devait pas tarder lui aussi.

Sa mère était morte depuis plusieurs heures déjà avait dit le médecin. Une hémorragie interne, au niveau du foie.

Qui allait lui faire à manger désormais ? Lui dire qu'il était le plus fort ? Le plus beau ? Le prendre dans ses bras ? C'est tout ce qu'il avait pu penser, égoïste qu'il était, à l'époque. Il s'en voulait encore d'avoir pensé ça.

*

« Du premier coup, j'y crois pas, on a trouvé du premier coup ! » s'émerveilla Basile.

Après plusieurs heures de route, ils se trouvaient au milieu des bayous. Quand on parle de bayous, on s'imagine tout de suite les marais, les moustiques, les alligators. On n'imagine pas les petits coins de paradis comme celui-ci. Car Marie et Basile se trouvaient bien au paradis. Une petite bicoque très bien aménagée, voire moderne, se trouvait au bord de l'eau, un petit étang lié aux bras perdus du

Mississippi. Une table et des bancs étaient installés sur ce qui devait être le jardin, contigu au garage à bateau, qui protégeait un pctit bateau à moteur laissé à nu.

« On devrait peut-être regarder à l'intérieur. Tu sais, les indices et tout. » se moqua Basile, qui entra tout de même dans la maisonnette, la porte n'étant pas fermée.

Marie emboîta le pas pour se retrouver dans une habitation tout ce qu'il y a de plus normal. L'entrée donnait directement sur le salon, qui donnait lui-même sur l'étang. Il y avait une grande télé, un fauteuil en tissu, rien de très coûteux mais les moyens étaient tout de même là. Basile se dirigea tout de suite vers la chambre à coucher.

Une chambre unique, faite pour une maman et son enfant. Il y avait un lit double dans un coin de mur blanc qui s'opposait à celui de l'enfant, plein de couleurs. Le mur était bariolé de dessins d'enfant et d'empreintes de mains faites à la peinture. Basile faillit trébucher sur des jouets en s'approchant du landau. À par la présence d'une couverture, il n'y avait plus rien.

Marie s'attarda sur le mur pour observer des photos polaroid d'une mère et son fils. C'est avec un pincement au cœur que Marie réalisa la situation dans laquelle elle s'était engagée. Facile de prendre de la distance quand on ne connaît pas.

Aucun d'eux ne parla, ils continuèrent d'observer. Apparemment, aucun indice ne se trouvait sur les lieux : ni empreinte de pas, ni sang, ni adresse postale laissée par les tueurs.

Marie se sentit idiote, qu'espérait-elle en débarquant ici ? Mais Basile prit la relève :

« On sait quoi des tueurs ?

– Euh rien ?

– Non sérieusement, on sait qu'ils sont deux, si on admet que le Baron nous dit la vérité ; on sait aussi qu'ils sont complètement tarés, vu la façon dont ils ont traité Lynne. Donc ils auraient attaqué l'enfant, puis la mère ? Avec plusieurs jours d'écart ? Ah et l'enfant a disparu ici, et la mère s'est retrouvée où déjà ?

– À une bonne heure de marche d'ici. » dit-elle avec espoir, puis une idée lui vint.

Elle était si heureuse qu'elle ne put s'empêcher de déposer un baiser sur la joue de Basile qui répondit avec une drôle de tête.

« Ils sont du coin ! » déclara-t-elle joyeusement.

Basile eut l'air étonné, mais comprit le raisonnement.

« Ne t'emballe pas, tu veux qu'on fouille le bayou ? Ça risque de prendre des journées, et je suis gentil.

– On peut tenter, on repart en voiture ?

– Pour fouiller les bayous ? Attends. »

Basile sortit par la grande baie vitrée et se dirigea vers le garage à bateau. Il se mit accroupi, manipula le moteur du bateau et appela Marie.

« Viens ! Le réservoir m'a l'air plein, on peut tenter par bateau, dans ce coin-là, toutes les habitations sont près de l'eau, et tout n'est pas forcément accessible par la route, je te propose une petite virée maritime.

– Mais tu sais utiliser ça ?

– Alors déjà tout le monde peut le faire, et tu crois que je trouve mon poisson frais comment ? »

Malgré ses dires, et une fois installé, Basile mit quelque temps avant de faire démarrer l'engin. Et c'était parti.

*

Le soleil baissait déjà en intensité et tirait sa couleur vers le jaune orange, qui ajoutait au paysage époustouflant une touche surnaturelle. L'eau verdâtre reflétait les grands cyprès et la végétation avoisinante, le bateau ainsi que nos aventuriers en herbe donnaient l'impression de flotter dans les airs.

Cependant, aucun d'eux ne savait où aller, mais la rivière ne donnait pour l'instant aucun choix, ils se laissèrent donc emporter. Basile brisa le silence :

« Tu as déjà eu l'impression que tu étais dans la mauvaise vie ?

– Pardon ?

– Tu sais, tu te lèves le matin, et tu as tes souvenirs et c'est comme si tu étais un inconnu. Tu as tes souvenirs, mais ils ne te sont pas familiers.

– Tu veux dire comme une perte d'identité ? tenta Marie.

– Pas exactement, comme si tu te réveillais après un rêve particulièrement réaliste, il te faut plusieurs minutes pour te rendre compte qu'ils ne sont que des rêves justement ?

– Oui bien sûr.

– Et bien moi, je rêve que ma mère est morte, je me réveille plus triste que jamais, et j'ai le même processus, je me rends compte que ce n'était qu'un rêve. Et là, j'ai conscience que ma mère n'est finalement plus là. Outre les émotions, c'est plutôt l'idée que la mort de ma mère paraît irréelle, comme si j'étais dans la mauvaise vie.

– Tu n'en avais jamais parlé jusque là. Je ne critique pas, au contraire, mais qu'est-ce qui te donne l'envie ?

– Je sais pas si on peut parler d'envie mais... Disons que c'est une impression, il y a des choses que j'ai toujours voulu te dire. Je sais que je suis pas facile à vivre et l'idée de ne parler que français est un poids. Mais la mort de ma mère m'a réellement changé. Et même si le fait que je prenne le contrôle de ma vie en prenant des décisions sans aucun sens m'a pas mal aidé, c'est surtout toi qui m'as aidé à vivre. Et encore plus maintenant, avec ce que l'on a vécu, même si ce n'est peut-être pas grand-chose, j'ai l'impression de vivre, que tout ça a un sens.

– Je suis désolée, je savais que ça avait été dur, et j'imaginais que ta décision faisait partie de ton caractère, mais je n'ai que peu de souvenirs de toi avant...

– Vraiment ? s'étonna Basile.

– Oui, je te dis, en ce moment j'ai une drôle d'impression, ma mémoire me joue des tours. Pour moi tu as toujours été excentrique, non ?

– Peut-être, mais j'étais surtout un sale gosse. Ma mère m'aimait terriblement, peut-être parfois trop. J'avais l'impression d'être un roi. Et pour rester dans cette allégorie qu'avec le décès de ma mère j'ai perdu mon royaume. Pfuah, écoute-moi parler. Tout ça pour te dire merci, car je pense avoir été longtemps perdu, et même si je suis jeune, j'ai besoin d'avoir une raison pour... avancer. »

Marie riait, quelques larmes perlaient au coin de son œil. Quel idiot, pensa-t-elle, et dans ces moments-là en plus. Basile n'eut pas le temps de s'inquiéter de sa réaction qu'un étrange bruit parvint du moteur. Et le bateau ralentit doucement sa course. Basile se leva sans faire attention à Marie, et essaya de trouver l'origine de la panne, en vain. Il tenta de redémarrer le moteur, mais celui-ci ne fit même pas l'effort de réagir.

« Je crois que c'est mort, on fait quoi ? Marie ?! »

Mais Marie ne réagissait pas. Depuis la panne une vive douleur au crâne la tenaillait, au point qu'il lui était impossible ne serait-ce que d'ouvrir les yeux.

Basile se planta devant elle.

« Marie, tout va bien ? »

Elle entendait bien un son familier mais il était si loin. Elle tenta d'ouvrir les yeux, mais tout n'était que brume autour d'elle. Elle fit un tour sur elle-même et aperçut un croisement qui donnait vers deux directions différentes. Sur celle de droite se trouvait un drôle de petit être. Peut-être humain un jour, mais il ne l'était plus. Avec le gabarit d'un enfant de deux ans, il faisait des petits bonds comme pour attirer l'attention sur lui. Sa bouche était grande ouverte et un son très aigu en sortait. Tout était unique chez cette créature : un œil gauche, l'autre avait simplement disparu, un bras gauche, une jambe gauche et une oreille gauche bouchée par une sorte de pic venant de son épaule. Une longue natte, qui partait de l'arrière de sa tête, s'enroulait tout le long de son corps. Malgré un physique exubérant, Marie se sentait attirée et en rien menacée. Puis une douleur vive et bien réelle cette fois-ci la sortit de cet étrange rêve.

Sa joue lui faisait terriblement mal.

« What happened ?

– Marie ? Désolé mais tu étais... partie.

– Quoi ? Je... »

La douleur était encore bien présente, mais ce n'était pas insoutenable, du moins elle pouvait voir. Elle se retourna et vit que la rivière se séparait en deux elle aussi.

« Ça vient de t'arriver ? Les flashs ? s'inquiéta Basile.

– J'ai vu Aguin.

– Quoi ? Le lowa ?

– Oui, Gbéto, le lowa des forêts. Celui qui, parmi ses nombreux rôles, est chargé de guider les hommes perdus. J'y comprends rien. C'est de pire en pire, ça n'a aucun sens, j'y crois même pas à ce genre de choses...

– Il t'a dit quoi ?

– Rien.

– Il est pas censé savoir parler celui-là ? Il a fait quoi ?

– Rien, il sifflait et sautillait sur l'un des chemins. »

Basile attendait la suite, lui aussi était bizarre.

« Et c'est tout, il était sur ce qui pourrait être la rivière de droite. Il sautillait et sifflait, rien d'autre ! »

Basile se leva brusquement et commença à fouiller à l'intérieur du petit bateau. Il ne lui fallut que quelques secondes pour trouver ce qu'il cherchait : deux rames.

« Repose-toi à l'arrière, prends ma place. »

Et ils inversèrent leur position. Basile cala ses rames et commença à canoter en suivant les instructions données par la divinité.

« Mais, qu'est ce que tu fais ?

– Bah, le moteur a lâché pendant ta transe ou ton flash, si tu préfères. Donc comme tu le vois, je rame.

– Mais pourquoi ? On n'a pas mieux fait de faire demi-tour ?

– On a un truc à faire et on a une piste. »

Marie ne savait pas quoi répondre. Comment Basile pouvait croire quelque chose d'aussi farfelu, alors qu'elle, qui était la source même de l'information, n'y croyait pas ?

Mais elle était épuisée, pas la peine de discuter. Ce n'était pas tous les jours que Basile prenait des initiatives, autant en profiter.

Ils avancèrent lentement, cette fois-ci, à travers le bayou. La soleil se couchait et la luminosité créait de grandes ombres. Marie commençait à sentir la peur monter. Encore une fois Basile intervint :

« Disons que l'on croit à tout ça : le vaudou, les lowa, les visions. Tu aurais une explication ? Enfin une idée ?

– Bien sûr que non.

– Non mais je suis persuadé que tu n'as pas la sainte vérité, mais simplement pourquoi ? Pourquoi maintenant ? Pourquoi toi ? Et pourquoi là-dessus ?

– Je sais pas, une tumeur ? Qui me fait voir des choses ?

– J'y connais rien mais j'imagine que c'est possible. Donc en gros tu aurais des hallucinations ? Ça devient inquiétant.

– Ah parce que sinon non ?

– À part ma vision du monde qui changerait complètement, non. Imagine ? Tu aurais des *pouvoirs*, dit-il en chuchotant.

– Mouais, malheureusement la tumeur, ou tout autre problème médical reste bien plus plausible, s'attrista Marie.

– Sauf que pour l'instant ça nous a aidés. Ton sentiment sur Thomas était avéré.

– T'es sérieux ? Une simple impression que j'ai eu sur un type qui, de base, paraissait super louche. SUPER. Mon troisième œil permet de voir l'évidence même.

– Ou une putain de maison douteuse perdue au milieu de nulle part. »

Marie n'avait pas fait attention, et la végétation cachait le plus gros du terrain, mais il y avait bien une habitation derrière les feuillages.

Basile dut faire demi-tour pour se rapprocher du bord, il y avait une sorte de sillon sur le bord de la rivière. Il dut mettre les pieds dans l'eau pour pouvoir tirer le bateau au plus près de la terre ferme. Il attrapa d'une main un jeune cyprès et remorqua le bateau de l'autre afin de l'amarrer à ce même arbre. Il donna la main à Marie pour lui permettre de le rejoindre.

« Si madame veut bien se donner la peine » se permit-il en souriant, et Marie joua le jeu en imitant une noble dame répugnée à l'idée de toucher quoi que ce soit d'humide ou de boueux.

Une fois sur le plancher des vaches, ils observèrent les environs. Une grande maison, sans étage, en forme de L dominait la vaste clairière. On trouvait aussi une maisonnette, ainsi qu'un garage en bois.

« On fait quoi ? demanda Basile.

– Euh, on fouille un peu pour être sûr que ce soit nos hommes et on appelle la police ? Si bien sûr, on a du signal. »

Elle sortit son portable afin de vérifier et confirma à Basile de la tête. Quelques barres cependant.

Ils se dirigèrent en premier vers la bicoque, elle était plantée au milieu du terrain, et c'était celle qui se trouvait le plus près de l'eau. Une fois arrivés sur ce qui semblait finalement être une grande cabane à jardin, ils y trouvèrent un bateau similaire au leur. Quelques outils de jardinage étaient déposés nonchalamment.

« C'est quoi ce bruit ? murmura Marie.

– Quel bruit ? »

Au moment même où il posait la question, un léger grondement lui donna la réponse. Non, un bourdonnement s'échappait doucement de la cabane.

Sans trop se poser de questions, Basile ouvrit doucement la porte. Un nuage noir le fit sursauter. Des centaines et des milliers de mouches tournoyaient désormais autour d'eux. Basile tenta tout de même de vérifier ce qu'il y avait à l'intérieur et mit un pied dedans. Sa chaussure croustilla, Basile regarda plus bas : le sol était jonché de cadavres de mouches. Marie regarda Basile, il était tout blanc et fixait quelque chose à l'intérieur.

Elle se risqua à faufiler sa tête afin de voir ce qu'il en était. Elle mit quelques secondes à distinguer ce qui se cachait sous toutes ces mouches.

Marie cria de toutes ses forces.

*

L'un des jumeaux se redressa du lit brusquement. Il se leva pour vérifier de quoi il s'agissait, tandis que sa sœur se prélassait sans se soucier du cri qu'ils venaient d'entendre. Mêmes nus, il était impossible de faire la différence outre leurs parties génitales. Le frère s'approcha de la fenêtre, mais ne vit rien. Il enfila un pantalon et sortit de la chambre. Personne n'habitait dans les parages, plus maintenant, pensa-t-il cn souriant. Une fois à l'extérieur, il aperçut un grand noir habillé comme le Baron mais moins élégant, qui tenait par les épaules une jeune, presque aussi noire, apeurée. Ils se trouvaient juste à côté de la salle de jeux.

Le jumeau s'approcha doucement d'eux, mais la fille le repéra.

*

Basile remarqua que Marie regardait au loin, pétrifiée. Il se retourna et vit un petit blanc qui se tenait étrangement. Le ventre en avant et le torse en arrière, les bras tombaient mollement. Basile n'avait jamais vu une mâchoire si disproportionnée et il eut l'impression qu'il retenait cette mâchoire en arrière, comme un poing prêt à frapper.

Marie était totalement perdue. Quel était ce monstre ? Elle voyait comme Basile, ce blond aux yeux bleus perçants, mais c'était le monstre qui l'entourait qui la terrorisait. Une énorme créature plus blanche que l'ivoire se dressait et suivait le tueur. Tout de muscles et d'os, et malgré son dos courbé, mesurant pas loin de trois mètres. Ses doigts crochus, qui donnaient l'impression d'avoir des serres, étaient dans la même position que jeune homme qu'il possédait. Bien que sa tête ait des cheveux, on ne pouvait en rien la qualifier d'humaine : une bouche béante laissait une langue de vipère faire des va-et-vient sans arrêt. Ses petits yeux sombres fixaient

Basile. Marie eut si peur pour son ami qu'elle voulut le prévenir.

« C'est un monstre ! » réussit-elle à échapper de sa bouche tremblotante.

Mais Basile comprit de travers la mise en garde. Voulant à tout prix protéger Marie, il se jeta sur le jumeau.

Son bras gauche en avant, il réussit à attraper le cou du tueur et le souleva de quelques centimètres pour abattre son poing droit. Une douleur éclata dans sa main : il venait de toucher les dents, quelques-unes volèrent, et sa main s'ouvrit à l'impact. Une fois au sol, Basile perdit d'une certaine façon conscience, comme s'il se voyait de l'extérieur. C'était bien son corps qui rouait de coups une personne au sol, il n'avait jamais fait ça, ses combats n'avaient jamais duré. Il était grand et expérimenté, les combats n'avaient que très rarement existé hors de l'enceinte [1].

Basile n'était pas violent, c'était juste inévitable et il aimait réellement l'apprentissage de ce sport de combat. Il allait le tuer, il fallait qu'il arrête. Intérieurement, Basile supplia Marie d'intervenir. Son souhait fut exaucé. Un autre type, ressemblant comme deux gouttes d'eau à celui qu'il allait tuer, venait de se jeter sur lui. Il reprit conscience et projeta l'assaillant sur le côté pour prendre de la distance.

C'était les mêmes, mis à part les vêtements, c'était exactement les mêmes. Basile se retourna vers Marie, elle n'était pas au mieux de sa forme mais avait l'air de gérer davantage la situation.

Marie voyait désormais deux monstres, l'autre était plus féminin, du moins c'est ce qu'elle se dit en observant les deux seins pendants de la créature. Peu importe, pas le temps de s'apitoyer, il fallait faire

---

1 Ring pour la boxe française

quelque chose. Elle sortit son portable de sa poche. La carte du Baron apparut, en plus de son portable.

Sans réfléchir elle composa le numéro du Baron pendant que Basile s'efforçait de faire reculer le nouvel agresseur.

« Oui ? »

Encore du français.

« Baron, balbutia-t-elle sans se souvenir du nom que Basile lui avait donné, on a besoin d'aide !

– Qui est à l'appareil ?

– C'est Marie, vous avez rencontré Basile, vous aviez dit qu'on pouvait vous appeler. Nous avons trouvé les tueurs et...

– Écoutez-moi Marie, ne vous approchez surtout pas d'eux, ils sont très dangereux, laissez votre portable allumé, nous allons vous localiser et venir vous chercher. Surtout, n'approchez sous aucun prétexte les jumeaux, articula le Baron de sa voix autoritaire.

– C'est trop tard.

– J'arrive. »

Plus un bruit, le Baron n'avait pas raccroché mais il avait du se mettre sous silencieux car aucun son ne s'échappait du portable.

Marie reporta son regard sur Basile et vit qu'il était en position de défense, comme elle avait pu le voir faire durant ses combats. Son poing droit était en sang.

Le jumeau qui avait repoussé Basile, se tenait au-dessus de son frère gardant un œil en direction de Basile. Ledit frère avait perdu connaissance, et Marie observait la jumelle qui tentait de le ranimer.

« Tue-les ! »

Marie s'étonna elle-même de son propos, mais la peur lui rongeait le ventre.

« Quoi ? demanda Basile, sûr qu'il avait mal compris.

– Ce sont des monstres, littéralement, je les vois, je les vois vraiment. Tue-les ! »

Basile ne comprenait pas, il ne comprenait plus rien. Ni ce qu'il se passait, ni Marie, ni lui-même. Le jumeau ouvrit les yeux, une rage infinie s'y lisait. La jumelle l'aida à se lever, et tous deux observèrent Basile.

« Boxer. », ricana la jumelle en singeant la position de Basile.

Sans un mot les deux jumeaux se levèrent et commencèrent à s'écarter l'un de l'autre, tout en ne quittant pas d'un œil Basile. Le frère était fou de rage, si l'on pouvait tuer du regard, c'en était fini de lui.

Une voix que Basile eut du mal à reconnaître s'éleva plus puissante que jamais :

« Tue-les, Basile, tue-les maintenant ! »

Basile se retourna un seul instant, et vit une tout autre Marie. Elle se tenait droite, elle ne tremblait plus, elle était majestueuse et terrifiante.

La sœur profita de ce moment d'inattention pour s'approcher de Basile. Elle avait la même démarche que son frère, et ce ne sont pas des poings qui fusèrent vers Basile mais des griffes. Basile eut à peine eu le temps de bloquer avec son avant-bras qu'une douleur éclata dans celui-ci. En un seul coup elle venait de l'ouvrir. Ce n'était certes que superficiel mais la douleur était bien présente. Il riposta automatiquement avec son poing gauche, mais le frère en décida autrement.

Il voulut attraper le bras au vol, sa bouche était déjà grande ouverte, prête à infliger une blessure fatale. Mais Basile bondit en arrière. Il ne pouvait plus penser, plus à Marie, plus à l'enquête, plus à Lynne, il était sur une enceinte. Ses pensées se concentrèrent sur les battements de son cœur. Il ramena ses poings en position défensive et ses pieds prirent le relais.

Il remarqua tout de suite que les jumeaux n'avaient aucune technique de défense, simplement de la pure agressivité. Le frère qui se trouvait à sa gauche fut sa première cible. Son pied droit se plia vers sa poitrine et se tendit en direction du ventre de son assaillant. Comme il l'avait prévu, aucune défense de sa part. L'impact fut violent, et malgré la musculature des jumeaux, il était impossible d'en sortir indemne. Le frère chancela et se tint le ventre, il vomit directement, mais Basile n'attendit pas la suite, et commença à assener des coups de pied à la sœur. Celle-ci eut le temps de remarquer l'erreur de son frère et réussit à parer quelques coups mais certains passaient. Toute personne n'ayant aucune expérience dans les sports de combat ne peut avoir idée de la puissance qu'une jambe peut assener.

Basile et la sœur commencèrent à reculer vers la maison. Une fois devant le mur, elle ne pourrait plus fuir.

Celle-ci toucha la porte de la maison de son dos et paniqua. Basile utilisa la même technique que pour son frère, pied plié puis tendu. Elle eut la bonne idée de se protéger avec ses bras mais le coup était bien trop puissant, la jumelle s'envola et emporta la porte en vieux bois avec elle.

Basile était prêt à continuer, il avait des « ordres » et avait abandonné toute réflexion de toute façon. Mais le jumeau venait de reprendre ses esprits et se jeta sur le dos de Basile. Il profita de la surprise pour envoyer quelques coups de poing dans l'œil droit de Basile tout en essayant de lui mordre le cou. Basile entendit un craquement et tomba en arrière pour se débarrasser du parasite avant qu'il ne lui arrache un morceau de chair.

Une fois au sol, il roula sur le côté et se releva péniblement. Son œil était bien amoché, et c'était probablement un euphémisme car le sang l'empêchait de voir. Son cou saignait faiblement, mais tout de même suffisamment pour le remarquer sans même y avoir jeté un regard. Il essaya de repérer celui qui lui avait fait ça mais ne vit rien. Il s'approcha de la porte de derrière, ou du moins ce qu'il en restait, mais ne vit rien non plus.

Tout était très sombre, et le soleil couchant n'arrangeait rien à sa vision déjà handicapée. Basile réussit à reconnaître la première pièce dans laquelle il entra, une cuisine. Les rayons du soleil qui traversaient la fenêtre permettaient de voir les contours d'une cuisine, certes vieille, mais tout ce qu'il y a de plus ordinaire, il s'étonna même d'y trouver un micro-ondes. Malgré un sol crasseux, Basile sut distinguer des traces de pas irréguliers qui menaient vers la pièce suivante. Il poussa la porte lentement et jeta un coup d'œil à l'intérieur. Une pièce plutôt sobre, remplie de quelques vieux tableaux de mauvais goût, avec une énorme table en bois en son milieu. Juste en face de lui sur la gauche, une porte venait de se fermer.

Basile se précipita et ouvrit la porte d'un grand coup de poing. Ses forces commençaient à baisser, sa respiration était bruyante et laborieuse. Les jumeaux, l'un sous l'autre, tentaient de fuir en s'aidant autant qu'ils le pouvaient. Ils fuyaient. Ils avaient peur de lui. Basile hésita à nouveau, mais l'incontestable voix de Marie surgit dans son esprit : « Tue-les ! ».

Les yeux de Basile changèrent. Et c'est plein de tristesse et les poings prêts à frapper qu'il se dirigea vers les condamnés.

*

Ils étaient tous les trois en sang, principalement les jumeaux. Basile avait bientôt achevé le frère quand une douce voix s'éleva du couloir. Il se tourna, plein de honte, dans cette direction.

« Tout va bien se passer Basile, je suis là. » annonça calmement le Baron.

Basile garda de la main gauche le col du jumeau, mais se leva tout de même. Enfin... Enfin quelqu'un pour régler ce massacre. Il n'en pouvait plus, il voulait fuir, vomir, pleurer. Être tout sauf ici. Son œil gauche commençait à gonfler et la paupière était collée par le sang. Le sang qui coulait de son bras droit commençait à créer une flaque.

« Je m'en occupe fiston. Il ne se passera plus rien, continua le Baron.

– Ce sont des... monstres. Marie, commença à expliquer Basile, mais il dut reprendre son souffle.

– Je sais, je suis là, répéta le Baron, éloigne-toi d'eux, repose-toi.

– Mais je les ai eus. »

Basile secoua sa main gauche ainsi que le jumeau qui se trouvait au bout. Il n'arrivait plus à exprimer ses propres pensées.

« Je sais fiston, tu as fait du bon boulot, éloigne-toi simplement d'eux. »

Le Baron était la chaleur incarnée, ses bras étaient ouverts, son sourire était reposant. Cependant quelque chose clochait. Pourquoi Basile devrait-il s'écarter des jumeaux ? Il fit tout de même confiance, et sa main lâcha le col, ses muscles commencèrent à se détendre.

Le jumeau, une fois libre et fou d'une indicible rage, se jeta mâchoire béante vers le cou de Basile.

Sans même y réfléchir, le bras droit de Basile réagit, et sa paume rencontra le nez du jumeau qui explosa sous l'impact.

Il venait de le tuer, c'était sûr, sa paume s'était enfoncée beaucoup trop loin, son cerveau était probablement atteint. Et les tremblements du jumeau ne contredisaient en rien cette idée.

Basile essaya de chercher du réconfort dans l'œil de son seul allié présent. Mais c'est une arme qui l'accueillit, suivie de plusieurs coups de feu.

Marie vit le corps de son ami tomber suite aux coups de feu. Il avait souri, avant que le frère ne se jette sur lui, il avait l'air heureux. Elle entendit des bruits de pas, mais surtout une drôle d'aura s'avancer dans le couloir. Le papier peint avait l'air de noircir au même rythme que les pas.

Elle vit le Baron s'approcher des jumeaux, elle ne vit pas son visage mais elle vit un autre être au-dessus du corps du Baron. Un homme noir avec un long chapeau haut-de-forme qui mimait ses mouvements. Non c'était l'inverse, le grand homme noir avec son demi-masque tête de mort anticipait les mouvements de son hôte.

Le Baron vérifia le pouls du frère, pesta et attrapa la jumelle par les cheveux en la tirant vers l'entrée. Elle n'essaya ou ne pouvait pas se défendre.

« Trouve cette pute et tue-la ! » cria le Baron.

Marie ne chercha pas plus loin, des larmes lui trempèrent les joues mais elle ne perdit pas de temps. Qu'est-ce qu'ils leur avaient pris ? Qu'est-ce qu'il lui avait pris ? Pourquoi avait-elle poussé Basile dans cette histoire ?

À l'extérieur, elle entendit des pas derrière elle, elle s'élança en direction de la cabane, pas le temps de repartir en bateau.

Une fois à l'intérieur, Marie ferma la porte sans pour autant la claquer. Elle avait l'impression qu'il y avait encore plus de mouches que la première fois, sûrement une impression. Elle commença à marcher en direction du fond de la pièce. Elle remarqua à nouveau les corps déchiquetés au sol, les asticots grouillant dans la chair à vif. Elle s'auto persuada que ce n'était pas dans des intestins qu'elle venait de marcher. Marie était quasiment dans un état second, elle n'écoutait pas les craquements ou les bruits visqueux sous ses pas, elle continuait tout en respirant lentement par le nez.

Une fois au fond, elle s'assit au sol et se mit la main devant la bouche. Les mouches commencèrent à la recouvrir lentement, elle ferma les yeux.

La porte claqua.

« Crazy ass white boys...[1]» murmura Lodewicus.

Marie ne connaissait pas cette voix, mais resta immobile. Elle entendit quelques pas, un bruit humide et spongieux, puis cette voix à nouveau « Hell no, it's not fortune cookies ![2] ». Les bruits s'éloignèrent, et la porte claqua à nouveau.

Elle attendit une bonne dizaine de minutes avant de rouvrir les yeux. Les mouches s'étaient infiltrées partout. Elle entendit un bruit en direction de la maison et préféra attendre. Le bruit se rapprochait, comme des crépitements. Et malgré l'odeur de putréfaction de la pièce, une odeur de brûlé monta à ses narines. On était en train de brûler la cabane !

Elle préféra attendre encore un peu. Elle n'avait aucune idée de comment elle allait s'en sortir mais ne

1 Tarés de blancs-becs…

2 Pas moyens, ce ne sont pas des fortunes cookies. (Référence à Indiana Jones)

voulait surtout pas se retrouver face au Baron ou son acolyte.

La fumée commençait à entrer, Marie n'allait pas tenir longtemps. « Pas encore, un tout petit peu plus de temps » pensa Marie. De la lumière passait à travers les lattes en bois de la cabane. Elle poussa la porte et faillit se brûler. La porte entière étant en feu, elle se précipita à l'extérieur et regarda autour d'elle. Il y avait du feu partout, le bateau avait été ramené sur la rive et on l'avait brûlé au milieu du jardin. La maison était entièrement recouverte par les flammes.

« Basile ! »

Elle ne réfléchit pas deux fois, rien n'était possible sans lui de toute façon. Plus rien n'avait réellement de sens…

Elle courut vers la maison et passa par la cuisine. La fumé avait déjà recouvert le plafond, mais aucune flamme n'était encore visible. Elle traversa la salle à manger et ouvrit la porte du couloir. Son cœur s'arrêta, et la scène se rejoua dans sa tête. Basile qui tombe, avec ce regard à la fois surpris et choqué.

Le couloir était un véritable brasier, pas de trace des jumeaux, mais Basile était bien là. Elle ignora la chaleur de la pièce et s'élança vers son ami. Une fois à sa hauteur, elle remarqua à quel point il était blessé, son œil droit était une sorte de boule noire et violette ; son bras droit était couvert de sang séché et de blessures.

Elle agrippa ses deux bras et commença à le tirer. Ils n'avaient clairement pas le même gabarit, mais Marie était poussée par une force quasi surnaturelle. Elle se compara même à ces mères capables de soulever une voiture pour sauver leur enfant.

Elle avait l'impression que tout son corps allait lâcher. Encore un peu, ils allaient bientôt sortir de ce four.

Elle lâcha enfin Basile et s'écroula au sol. Ils étaient encore dans la salle à manger. Elle n'arriverait jamais à le faire sortir. Et pourquoi faisait-elle ça ? Elle avait été incapable de le sauver. Cherchait-elle à sauver son corps ?

Puis elle eut de nouveau un flash. Elle n'était plus dans le monde qu'elle connaissait, et ses mouvements ne furent plus les mêmes. Elle se leva, plus aucune fatigue ne l'habitait, et se laissa guider par son propre corps. Elle retournait dans ce lieu immonde, elle lui trouva un nouveau nom : « la salle de jeux ». Une fois à l'intérieur de la cabane, elle vit les choses autrement. Elle vit plusieurs corps en mouvement, remplis de souffrance et d'incompréhension.

Elle se dirigea vers l'un des cadavres les plus décomposés et se baissa. Ses mains se placèrent autour du crâne de l'une des victimes et au moment où elle tira sur la victime elle entendit le squelette hurler de douleur mais elle l'ignora. La tête s'arracha sans trop de résistance. Elle ne comprenait plus ce qu'elle faisait, mais elle n'était plus en contrôle et c'était bien mieux comme ça.

Elle retourna vers Basile, il n'était plus question que de lui. Son crâne dans une main, elle chercha dans ses affaires pour en sortir une petite bourse et une grosse craie.

Une fois dans la pièce où était Basile, elle renversa la table et la poussa sur le côté. Elle commença à dessiner à même le plancher. Marie comprit qu'elle appelait les jumeaux Marassa. C'était bien leur symbole, la feuille de palmier ne laissait pas place au doute. Elle plaça Basile au centre du symbole. Elle ouvrit sa bourse et déposa un petit tas de pigments bleus qu'elle déposa sur le crâne qu'elle venait de récupérer ainsi que sur le corps de Basile.

Tout commença à être flou, elle était sûre d'être en train de parler mais ne reconnut aucun des mots qu'elle prononçait. Elle connaissait la prochaine étape. Du sang, il lui fallait du sang pour voir l'autre monde et faire le transfert. Elle sentit une douleur dans la bouche, ou dans la langue plus précisément. Elle venait de se la mordre. Le sang commençait à s'accumuler, puis elle recracha tout son sang sur le torse de Basile.

Les yeux de Basile étaient fermés. Elle commençait tout doucement à reprendre le contrôle. Pourtant, elle ne voulait pas. Ça allait marcher, elle en était sûre et elle n'avait pas le choix. C'était ça ou mettre fin à ses jours.

Mais rien ne se passa. Elle attendit, essaya de réfléchir, mais elle ne pouvait quitter Basile. Le feu allait l'emporter. Elle allait mourir auprès de son ami.

Puis deux voix retentirent…

« Quel est ton sacrifice ? »

Printed in Great Britain
by Amazon

44733041R00085